[著者]三
[原作
[イラストレーター
チーズ

胡桃知英
くるみ・ちえ
如月涼葉
きさらぎ・すずは

「はい知英、今日もあんたの大好きなチーズあげるわ」
七瀬レナ
ななせ・れな

「バカ！」

「おい！ふざけん——」

「知英ちゃん、ありがとう！」

「……ひっ……ひぐっ」

CONTENTS

p12:プロローグ

p14:第一章｜ごめんね

p89:第二章｜自分らしく

p118:第三章｜ダークヒーロー

p169:幕間

p171:第四章｜チーズ

p240:幕間

p244:○エピローグ

p253:○エピローグ2

チーズ

三月みどり
原作・監修：Chinozo

MF文庫J

まえがき

はじめましての方ははじめまして。

シリーズご愛読の皆様、いつもありがとうございます。

原曲を作っています、Chinozoです。


チーズが小説化、ということで!

SNS等で一度は聞いてくださった方も多いかもしれません。

本楽曲は、一度聞くとキャッチーな明るい曲に聞こえると思いますが、反して中身は実にネガティブな楽曲にもなっております。


僕はもともとチーズが大嫌いでした。全然美味しいと思わなかったんですよ。

でも大人になって、気がつくとすごくチーズが好きになっていたんです。

これってなんでだろうって思って。よく大人になると舌の感覚が麻痺するから嫌いだったものも美味しく感じるようになるんだよ、と言われたことがあります。

成長していくと、失うものもあるんだなぁと、そんなことを考えながら作りました。

大人になるって難しい!!

ティティティティティリ
はい、チーズ
ってグッとする

［原作・監修］Chinozo

［口絵・本文イラスト］アルセチカ

ティティティティティティリ

僕の中のチーズ像を汲み取って、そこからストーリーを考えてくださった三月先生、いつもありがとうございます。

そして原曲MV含む、イラストでキャッチーにしてくださるアルセチカさんも最高です。

そして毎度思っておりますが、改めてこうして自分の楽曲が当たり前のように小説化させていただいているのは読者の皆様のおかげです。本当にいつもありがとうございます。

それでは小説「チーズ」、どうぞ！

ティティティティティティリ

◯プロローグ

今から私は大好きで、大切な人に会いに行く。

そのために歩みを進めている最中、私はあの頃のことを思い出していた。


人生って、誰かのことを考えなくちゃいけないことって多いよね。

だって自分のことばかり考えていたら、すぐに嫌われ者になっちゃうし、そうなったらたくさんの悪口を言われたり、ひょっとしたら直接攻撃されたりして、すごく自分が傷つけられちゃう。

だから、あの頃の私はずっと誰かのことを考えながら生きてきた。

ううん、正確に言うなら、ずっと誰かの顔色を窺《うかが》いながら生きてきた。

とにかく誰かに傷つけられるのが嫌で——。


でもね、そうやって生きていた私はいつもこんなことを言われていた。

私のやりたいようにやっていいんだよ、私が言いたいことを言ってもいいんだよ、って。

どうして？

空気を読むことの何が悪いの？

ずっと誰かに合わせていく人生でも別にいいんじゃないの？

確かに情けない人生だけど、それでもそれなりに良い人生になるんじゃないの？

そう疑問に思っている私は、また言われるんだ。


〝自分らしく〟生きてもいいんだよって。


〝自分らしく〟生きるってどういうこと？

誰かのことなんて一切考えないで、自分が好きなように生きていけばいいの？

自分勝手に生きていけばいいの？

だけど、そんなことしたらみんなから嫌われちゃうよ。みんなから傷つけられちゃうよ。

そもそも私は誰かを傷つけてまで、自分がやりたいことをやりたくなんてないよ。

だってそんなことをしたって、きっと幸せにはなれないと思うから。

……でも、そう思っているはずなのに、その言葉はずっと心に引っ掛かっていたんだ。


〝自分らしく〟ってなんだろう？

第一章　ごめんね

四月初旬。中学二年生になり、昨年から変わったクラスにも少し慣れてきた頃。

午前の授業を終えて昼休みに教室にいるクラスメイトたちは、お昼ご飯を食べながら楽しそうに話している。

昨日、休日だったから友達と一緒に遊んだこととかを話しているのかも。

私――七瀬《ななせ》レナも休日は友達……うん、友達と一緒に遊んだけど、そのことを彼らみたいに楽しそうに喋《しゃべ》ったりできない。

だって、その……こんなこと絶対に口にはできないけど、そんなに楽しくなかったから。

「ねえ、レナはどうする？」

なんてことを考えていたら、不意に訊《き》かれた。

少し驚きながら見てみると、中学生とは思えない綺麗《きれい》な女子生徒がこっちを見ていた。

如月涼葉《きさらぎすずは》ちゃん。それが彼女の名前。

明るめの色に染めた髪。強さを感じる瞳に、端整な顔立ち。それでいて華奢《きゃしゃ》な体はモデルさんみたい。正直、ものすごくカッコよくて美しい人だった。

そんな彼女と私は中学一年生の頃から同じクラスで……たぶん友達で、休日も涼葉ちゃんと他の友達も加えて何回か遊んだんだ。……でも、それがその……楽しくはなかったんだけど。

「えっ……な、なに？」

「なにって、ウチの話、聞いてなかったの？」

涼葉ちゃんに訊き返すと、彼女は露骨に不機嫌な表情になった。

「せっかく、涼葉っちが話してたのに」「レナ〜友達の話は聞かなくちゃダメだよ？」

続けて、涼葉ちゃんの友達で……たぶん私とも友達の北川絵里《きたがわえり》ちゃんと白石結衣《しらいしゆい》ちゃんが注意してくる。ちなみに絵里ちゃんたちは涼葉ちゃんと同じ小学校出身で、その時から三人は一緒にいたらしい。

「……ご、ごめん」

私が話を聞いていなかったことを謝ると、涼葉ちゃんはため息をついた。

彼女は私たちのグループの中で……いや、クラスの中で女王様的な存在で、基本的にはどんな生徒も彼女の機嫌を損ねないような言動をしなくちゃいけない。

そうしないと、こんな感じで空気が最悪になっちゃうから。

いつも私は涼葉ちゃんの気分が悪くならないように、ものすごく注意をしているんだけど……それでもたまにこうやって失敗をしちゃう。

お、怒られるのかなぁ……。

「昨日行ったカフェに、また行こうって話してたんだよね」

すると、隣から可愛《かわい》い声が聞こえてくる。

その女子生徒は愛らしい瞳と容貌をしていて、まるでお人形さんみたいだった。

彼女の名前は胡桃知英《くるみちえ》ちゃん。

知英ちゃんはこのグループの中で、一番優しい。

なんでわかるかっていうと、彼女は私の幼馴染《おさななじみ》で——大切な友達だから。

小さい頃からずっと一緒で、中学に入ってからもずっと同じクラスで、いつも私のことを気に掛けてくれる。だから、いまだって困っている私のことを助けてくれたんだ。

おかげで悪かった空気が少しマシになった気がする。

「昨日行ったって……あのレトロな感じのところ?」

「うん。それで涼葉《すずは》ちゃんが今度の休日にまた行こうって……ね?」

知英ちゃんが目を向けると、涼葉ちゃんはまだ少し不機嫌そうにしながらも頷《うなず》いた。

「そうよ。で、レナはどうする?」

どうする?　って質問されているように聞こえるけど、これは当然行くでしょっていう意味だ。ここでもし行かないなんて言ったら、私はきっと明日から仲間外れにされちゃう。

じゃあここが居心地いいかって訊《き》かれたら、正直、そういうわけでもないけど……それでも一人ぼっちになるのは嫌だ。それにここには知英ちゃんがいるから……知英ちゃんとは一緒にいたい。つまり、涼葉ちゃんの質問に対する拒否権は私にはないわけで……。

「……うん。行こうかな」

「はい決まり〜。ウチ、あそこ結構気に入っちゃったんだよね」

私が答えると、涼葉ちゃんは急に機嫌が良くなる。こういうタイプの人って、機嫌が良くなる時と悪くなる時の決まり？　みたいなものがないから、はっきり言っちゃうと恐《こわ》い。

「わかる〜。あーしもあそこのパフェめっちゃ好きになったもん！」

「店内の雰囲気もいい感じだよね！」

絵里《えり》ちゃんと結衣《ゆい》ちゃんが、涼葉ちゃんに同調するようにそう話していた。

この感じからもわかる通り、彼女たちは涼葉ちゃんのご機嫌取りがものすごく上手《うま》い。

彼女たちとも一年生の頃から同じクラスで一緒にいるけど、涼葉ちゃんを怒らせているところなんてほとんど見たことがない。当然ながらさっきの私みたいに、ぼけっとしていて涼葉ちゃんの話を聞き逃すなんてこともない。

「うわ、またチーズ入ってる」

そんなことを考えていたら、また涼葉ちゃんの機嫌が悪くなった。

原因は、たぶんたったいま開けた彼女のお弁当箱の中に入っているチーズだ。

涼葉《すずは》ちゃんのお弁当は彼女のお母さんが作っているらしいけど、そこそこの頻度でチーズが入っている。なんでも彼女のお母さんがチーズ大好きなんだとか。

「別にチーズが食べられないってわけじゃないんだけど、そんなに好きでもないのよね」

涼葉ちゃんはチーズを箸でつまむと、躊躇《ためら》いなく知英《ちえ》ちゃんのお弁当箱に入れた。

「はい知英、今日もあんたの大好きなチーズあげるわ」

「えっ……うん」

知英ちゃんの表情は曇っている。当然だよ。だって知英ちゃんは大好きどころか、その全く逆でチーズがものすごく苦手なんだから。……で、そのことを知英ちゃんは一言も言ったことはないんだけど、きっと涼葉ちゃんはそれをわかってやっている。だって、こうやって知英ちゃんにチーズを押し付けるのは一年生の頃からずっとやっているから。

すると、近くの男子生徒たちが「またやってるよ」と涼葉ちゃんのことを見ていて、

「なに？　なんか言いたいことでもあんの？」

涼葉ちゃんが睨《にら》んだら、男子生徒たちはすぐに目を逸《そ》らした。……恐《こわ》い。

いまのやり取りを見たあとに、彼女に何か言える人なんてほとんどいないだろう。

で、でも今日こそは私が涼葉ちゃんに言わなくちゃ。知英ちゃんはチーズが苦手だから、そうやって押し付けるのはやめてって……。さっきはまた知英ちゃんが私のことを助けてくれたし……きょ、今日こそは恩返しをするんだ。

「あ、あのさ」

涼葉ちゃんに少し震えた声で言うと、彼女の強い瞳がこっちに向いてくる。ただそれだけなのに、何故《なぜ》か私の体はこわばってしまう。
ビ、ビビってる場合じゃない。きょ、今日こそは知英ちゃんのことを助けるんだ。
「そ、その……きょ、今日は私がチーズ貰《もら》っちゃおうかなぁ……なんて」

「は？　ウチは知英にあげるって言ってんだけど」

ギロリと睨まれて、背筋がぞくりとした。……やっぱり恐い。

「だ、だよね。……ごめん」

結局、それ以上何も言えずに引き下がってしまった。私って、本当にダメなやつだ。

「知英も嬉《うれ》しいでしょ？」

「……そ、そうだね。チーズが食べられて嬉しいなぁ」

「でしょ！　ウチってまじ優しいわ～」

涼葉ちゃんはご機嫌になるけど、知英ちゃんは全然嬉しそうじゃない。

正直、ものすごく腹が立つけど……私は何もすることができない。

それどころかチーズが苦手って言っても、食べて死ぬわけじゃないし……とか、本当は考えたくもない言い訳が頭に浮かんでしまっている。……最低だな、私。

「涼葉っちって美人だし、優しいし、非の打ちどころないって感じだよね」

「見た目も中身も完璧だから、涼葉《すずは》ってモテるんだよね〜」

絵里《えり》ちゃんと結衣《ゆい》ちゃんが、涼葉ちゃんのことを褒めまくっている。

彼女たちは知英《ちえ》ちゃんに何かしたりはしないけど、涼葉ちゃんが知英ちゃんにすることを止めることもせず、むしろどんなことがあってもいまみたいに彼女の気分を良くすることだけを考えている。

絵里ちゃんたちも知英ちゃんがチーズが苦手ってわかってるくせに……と思っていても、私も彼女たちと全く変わらない。

二人と同じように涼葉ちゃんにおかしいことを、おかしいって言えないんだから。

そうやって涼葉ちゃんを誰も止めなかった結果、一年生の頃から、知英ちゃんが涼葉ちゃんにちょっとした嫌がらせをされたり、いじられたりしている。

ちょうどいまみたいにチーズを押し付けられたりとか。

知英ちゃんがそんな目に遭っているのに、私はまだ深刻にはなってないし……と、また最低な言い訳を考えて、彼女がされていることを見て見ぬフリをしてしまっている。

涼葉ちゃんが恐《こわ》いから、知英ちゃんを助けなくていい理由を探している。

知英ちゃんは、私の中で大切な友達なのに……。

私は誰かに傷つけられるのが、ものすごく嫌だ。

だから、いつでも自身がより傷つけられない方を選択して行動してしまっている。

今もそう。ここで知英ちゃんを助けようとしたら、今度は自分が彼女と同じ扱いを受けてしまうかもしれない。ゆえに、私は必死に知英ちゃんを助けなくていい理由を作って、必死に自分が傷つかないようにしている。

知英ちゃんのことを大切な友達って思っていることも、彼女の現状を変えたいと思っていることも本当だ。

……けれど、どう思っていようとも結局、私は自分が傷つくのを恐がって、どうしようもなく自分のことだけを守ろうとしてしまう。

そして、そんな弱い私のことが——私は大嫌いだ。

◇◇◇

午後の授業も終えて、迎えた放課後。涼葉ちゃんがカラオケをしたいと言い出したので、学校から近くのカラオケ店に行くことになった。

……けれど、いつもはそれなりに空いているはずなのに今日はたまたま満室で、それで涼葉ちゃんの機嫌が悪くなって「今日はもういいや」とそのまま解散となった。

涼葉ちゃんは本当に気分屋だから、こういうことは割とある。

でも、おかげで私は知英ちゃんと一緒にゆっくり帰れることになった。ちなみに登校の時は涼葉《すずは》ちゃんに振り回されることがないから、いつも一緒に学校に行っている。

「涼葉ちゃん、今日も自分勝手だった」

「ふふっ、まあそうだね。今日も女王様って感じだったかな」

住宅街を二人並んで歩いていると、私の言葉に知英《ちえ》ちゃんが笑って言葉を返した。

だけどその笑顔は、私にはどこか辛《つら》い気持ちの裏返しなんじゃないかと思えてしまう。

昼休みの後も、涼葉ちゃんから飲み物を買ってくるように命令されていたし……。

「あれ、レナちゃん、なんか元気ない？」

知英ちゃんはこっちを見て、少し心配そうに訊《たず》ねてくれる。思っていたことが表情に出ていたのかも。……けど心配されるべきなのは、私じゃなくて知英ちゃんの方なのに。

「知英ちゃん……その、大丈夫？」

「？　大丈夫って？」

「だから、その……涼葉ちゃんに色々されて……」

私は言葉を濁しながら、知英ちゃんに訊《き》く。嫌がらせをされてるって、そのまま言うのは知英ちゃんを傷つけると思ったから。

「あー、それね」

知英ちゃんはどう話そうか考えているのか、少し間を空けてからまた喋《しゃべ》り出した。

「大丈夫だよ。ほら、涼葉ちゃんって誰かをいじる人だから、その相手があたしになってるって感じだし。だから大丈夫」

「ほ、本当に……？」

もう一度訊ねると、知英ちゃんは「うん」と強く頷《うなず》いた。でも、それはやっぱり少し無理しているように見えて……そう感じても、結局私は何もできないんだ。

そもそも、ここでもし知英ちゃんが「大丈夫じゃない、助けて」と答えていたとして、私は迷わず彼女のために行動できるのかな……？

さすがにそこまでされたら、どれだけ傷つくのが嫌な私でも知英ちゃんを助けようとすると信じたいけど……。

中学に入ったばかりの頃は、知英ちゃんといつも二人きりですごく楽しかったのに。

どうしてこんなことになっちゃったんだろう。

私たちが涼葉ちゃんと深く付き合うようになったきっかけは、中学一年生の頃の文化祭だった。それまではお互いクラスメイトだけど、ほとんど関わってなかったんだ。

けど涼葉ちゃんは一年生の時からいまみたいな女王様気質だったから、私と知英ちゃんは一方的にどんな人かっていうのを知っていた。

逆に私たちはひっそりと学校生活を送っていたから、涼葉ちゃんは私たちのことなんて何も知らなかったと思うし、興味すらなかったと思う。

でも文化祭で、教室を使ったお化け屋敷をすることになって、たまたま大道具とか小道具とかを作るグループで涼葉《すずは》ちゃんと一緒になっちゃって……。

それから私と知英《ちえ》ちゃんはとにかく涼葉ちゃんの機嫌を損ねないようにしていたら、なんていうか……たぶん彼女に気に入られちゃったみたいで、文化祭が終わった数日後にお昼ご飯を食べていた私と知英ちゃんのところに、涼葉ちゃんが絵里《えり》ちゃんたちを引き連れてきて「一緒にお昼食べるわよね？」って訊《き》いてきたんだ。

もちろん私は涼葉ちゃんみたいな気が強い子と一緒にお昼ご飯を食べるなんて嫌だったし、きっとこの誘いに乗ったら今後彼女のグループに強制的に入ることになるんだろうなって、なんとなくわかって、それも絶対に嫌だって思った。

私は知英ちゃんと二人きりで過ごす時間が、一番楽しいから。

けど当然ながら今後のことを考えたら「嫌だ」って直接言う勇気もなくて……。

とにかく私は黙っていたんだ。そうしたら涼葉ちゃんって気分屋だし、イライラさせちゃうかもしれないけど最終的には飽きて諦めるかなって。

でもそう思っていたら、すぐに知英ちゃんが「いいよ。一緒に食べよう」って答えちゃったんだ。正直、その時はすごく驚いた。

だって、知英ちゃんも涼葉ちゃんみたいな子は苦手だと思っていたから。

だから最初はどうして？　って思ったけど、よくよく考えたらあれは知英ちゃんが考えた穏便に済ませる方法だったんだと思う。もし二人揃《そろ》ってあのまま黙り続けていたら、それはそれで涼葉ちゃんに目を付けられていたかもしれないし。

疑問が全くなくなったかっていうと、そうでもないんだけど、私はそう納得している。ちなみにその件で知英ちゃんに何か訊いたりはしていない。それが原因で知英ちゃんとの仲が悪くなることは絶対にしたくないから。

以降、私たちは涼葉ちゃんたちとお昼ご飯を一緒に食べたことがきっかけで、案の定、一緒に過ごすようになってしまったんだ。それでも最初の方は普通……というか、涼葉ちゃんは、そんなに私や知英ちゃんに当たりが強かった訳じゃなかった。

だけど、涼葉ちゃんのグループに入って一ヵ月くらい経《た》った頃。

涼葉ちゃんが急に「レナと知英さ、どっちか飲み物買ってきてよ」って言ってきた。

その瞬間、あっ、これ従ったら今後もそういうことやらされるやつだ、って察した。

おそらく涼葉ちゃんからしたら、本当に私でも知英ちゃんでもどっちでも良かったんだと思う。理由は知らないけど、パシリにしたりいじったりできる都合のいい人が欲しかったんだろう。

涼葉ちゃんの問いに私はまた何も答えられずにいた。嫌だともいいよとも、何も……。

そしたら知英ちゃんが「いいよ。あたしが行くよ」って言ってくれて……それから知英ちゃんは、涼葉ちゃんに今みたいな扱いを受けるようになってしまったんだ。

そう。私は幼馴染《おさななじみ》に、大切な友達に嫌なことを押し付けてしまった。さらには毎日のように彼女が嫌な目に遭っているのをずっと見ているだけで、何もできなくて……。

本当に情けなくて、弱すぎる自分が嫌になる。


「そういえばレナちゃん、この間ね、いいヒーロー映画を見つけたんだ！」

私が色々考えてしまっていると、何かを察してくれたのか知英《ちえ》ちゃんは明るい声音でそんなことを言い出した。

きっと私の様子を見て、話題を変えようとしてくれているんだ。その優しさに申し訳なく思うと同時に、嬉《うれ》しくなってしまう。こう思ってしまう私は、やっぱり弱いよ。

「能力とかはないんだけど、カッコいい未来系の銃をいくつも使って、どんな距離からでも百発百中で敵に命中させる殺し屋が主人公なんだ！　めっちゃカッコよくない？」

「百発百中の殺し屋！　すごくカッコいいし、すごく強そう！」

「めっちゃ強いよ！　アメコミの映画で『バレット・ヒーロー』って作品なんだけど、ストーリーもめっちゃ面白いし……よかったらさ、今度あたしの家で一緒に観《み》ない？」

「えっ、いいの？　すっごく観たい！」

私はすぐに頷《うなず》いた。だってこれは本心だから。

これまでも知英ちゃんと一緒に映画を観たことは沢山あるけど、絶対にいつも楽しいんだ。もちろん映画も面白いし、映画を観終わったあとに知英ちゃんと映画の感想とかを話し合うのも、ものすごく楽しい！　といっても、基本的に知英ちゃんが楽しそうに感想を話しているのを私が聞くだけなんだけど……それでも本当にすごく楽しいんだ！

「知英ちゃんってさ、本当にヒーロー好きだよね！」

「うん！　っていっても、あたしが好きなのはちょっと悪めのダークヒーローだけど！」

知英ちゃんは可愛《かわい》く笑いながら答えた。

学校では大人しい知英ちゃんだけど、本来の彼女はよく笑って、誰かのことを楽しませてくれる、とっても明るい人。

そんな彼女は、小さい頃からずっとダークヒーローが大好きなんだ。

特にアメリカンコミックスの映画に出てくるダークヒーローが好みらしい。

子供の好きなものとしては少し変わっていて、彼女曰《いわ》く、それが原因で子供の頃は全く友達ができなかったみたい。

たしかに知英ちゃんはダークヒーローが好きすぎて、たまに何を言ってるかわからないことがあるから、そういう部分がなかなか受け入れられなかったのかもしれない。

私は別にそういうのは全然気にしなかったけど。

そんな私も小さい頃から引っ込み思案で全く友達ができなくて、そうしたら公園で知英ちゃんが「ダークヒーローってカッコいいよね！」っていきなり声をかけてくれた。

正直、最初は急に話しかけられてびっくりしたし、ダークヒーローって何かわからなかったから、まともに話せなくて……。

でも、そんな私にも知英《ちえ》ちゃんは、ちょっと強引だったけど楽しそうにダークヒーローの話をし続けてくれたんだ。大好きなものをキラキラした瞳で話す知英ちゃんに、私は不思議と強く惹《ひ》かれて——知英ちゃんと友達になりたい！　って思った。

だけど、なかなか自分からは言い出せなくて……そうしたら知英ちゃんが「あたしと友達になろうよ！」って言ってくれた。

おかげで私は知英ちゃんと友達になることができたんだ！

それから私と知英ちゃんは、毎日のように遊んだ。

どっちかの家で普通にゲームをしたり、ダークヒーローが出てくるアメコミの映画を観《み》たり、ダークヒーローごっこっていう知英ちゃんが考えた遊びをしたり。

お互いがお互い以外に友達ができなかったこともあり、ずっと二人きりで遊び続けた。

そんな知英ちゃんと過ごす日々は、本当にすごく楽しかったんだ！

中学に入っても、それは同じで……だけど涼葉《すずは》ちゃんのグループに入ってから、知英ちゃんは大好きなものをなかなか話せなくなってしまった。

一度、涼葉ちゃんたちにダークヒーローが出てくる映画の話をしたことがあるんだけど、涼葉ちゃんに「その話、つまんないんだけど」って言われちゃって、それから彼女たちの前ではダークヒーローに関する話は一切していない。

知英ちゃんがダークヒーローの話をする時は、いまみたいに私と二人きりの時だけ。それをいけないとわかっていても、少し嬉《うれ》しいと思ってしまう私はやっぱり嫌な人間なんだと思う。

「どうしたんだい、かわい子ちゃん？　オレがカッコよすぎたせいでキミの心を奪っちまったのかい？」

一人で勝手に落ち込んでいたら、知英ちゃんが急にキザな言葉を口にした。

それもかなりイケメンな声で。私は思わずふっと笑ってしまう。

「それ、この前一緒に観た映画に出てたダークヒーローの真似《まね》だよね？」

「レナちゃん大正解！　めっちゃ似てるでしょ？」

私が「ものすごく似てる！」とまだ笑っていると、知英ちゃんも一緒に笑ってくれた。

知英ちゃんはダークヒーローの物まねをするのが得意で、小さい頃から私と彼女の家族の前でだけ見せてくれる。それはたぶん他の人に見せてもいい反応が返ってこないから。

それどころかダークヒーローの話を聞いた時の涼葉ちゃんみたいな言葉を返してくる人だって出てくるだろう。

知英ちゃんのダークヒーローの物まね、こんなに似ているのに……。

加えていまはきっと私に元気がないと察して、知英ちゃんなりに元気づけようとしてくれたんだと思う。知英《ちえ》ちゃんって昔からそういう人だから。

……学校でもいまみたいに、知英ちゃんと二人で楽しく過ごしたいなぁ。

「レナちゃん、大丈夫だよ」

今度は、知英ちゃんは柔らかい口調でそう言い出した。なんの脈絡もなかったから、どういうことか訊《き》こうとしたら、その前に知英ちゃんが先に話し始めた。

「今年はね、涼葉《すずは》ちゃんとまた同じクラスになっちゃったけど……来年こそはあたしもレナちゃんも彼女とは別々のクラスになるだろうし、そうしたらまた一年生の最初の頃みたいに戻れるよ」

知英ちゃんはそうやってまた勇気づけようとしてくれる。どうやら私が考えていたことはバレバレだったみたい。……さすが幼馴染《おさななじみ》だなぁ。

でも、この時の彼女の表情は少し申し訳なさそうにしていて、ひょっとしたら涼葉ちゃんのことを悪く言ってしまっているから、彼女としてはあまりいい気持ちじゃないのかもしれない。別にそんな風に感じなくてもいいのに……。

「……そうだね。来年こそは大丈夫だよね」

知英ちゃんの言葉に温かい気持ちになりつつも、私は彼女を助けられずにいる罪悪感からどう返したらいいかわからず、そんな言葉だけ返してしまう。

……でもいまの知英ちゃんの発言を聞く限り、やっぱり彼女が涼葉ちゃんみたいなタイプの人が好きだとは思えない。だったら一年生の時、いくら穏便に済ませるためだったとはいえ、どうして涼葉ちゃんのグループに入ろうとしたんだろう。

ねえ知英ちゃん――と声を掛けようとして、やめた。

余計なことを訊いて、知英ちゃんと仲が悪くなりたくない。喧嘩《けんか》とかも絶対にしたくない。……うん、いつも通りこのことは何も訊かないでおこう。

それが一番良い気がする。……たぶん。

「ねえレナちゃん！　ダークヒーローの話の続きをしてもいい？」

色々と考えていると、知英ちゃんがキラキラした笑顔を向けて言ってくれた。たったそれだけで私も自然と笑顔になって、モヤモヤしていたことがどうでもよくなって――。

「うん！　聞かせて！」

それから私は知英ちゃんと別れるまで、ずっと彼女が大好きなダークヒーローの話を聞いていた。それは本当に、本当にとても楽しくて……同時に思ったんだ。

――ずっとこの時間が続いたらいいのに。

◇◇◇

「今日はレナの大好きなオームオム！　オム！　オムライスよ！」

晩ご飯の時間になるなり、ダイニングでお母さんがテンション高めに言ってきた。

相変わらず、私と違って陽気すぎる！

「どう？　嬉《うれ》しいでしょ？」

「……う、うん。嬉しいよ」

「本当？　そんなに嬉しそうじゃない気がするなぁ」

「子供じゃないんだから、好きな食べ物が出てきてもそこまではしゃがないよ。……でもちゃんと嬉しいから」

「それなら良かった！」

お母さんは綺麗《きれい》に笑うと、理由もなく頭を撫《な》でてきた。子供の頃からやたらスキンシップが多い人なんだ。

私は恥ずかしいから嫌だって言ってるのに、それでもしてくるからもう諦めている。

そんなお母さんは、本来の年齢は三十代後半なのに、見た目は二十代に見えるくらい若々しい。正直、お母さんはどこかのタイミングで魔法か何かで歳《とし》を取らなくなっているんじゃないかと疑っている。それくらい家族のひいき目を抜きにしても、美女と言っても過言じゃないと思う。

「ただいま～」

そんな言葉と共に帰ってきたのは、お父さんだ。お父さんもお母さんと同じように、年齢は三十代後半なのに、見た目はもっと若く見える。きっとお父さんも魔法を使っているんだと思う……まあ絶対に違うけど。

お仕事で少し疲れた様子のお父さんに、私とお母さんが「おかえり」と返す。

いつもはもう少し遅い時間に帰ってくるから晩ご飯の時間には間に合わないんだけど……今日は一緒に食べられるのかな。

「今日は早くお仕事終わったの？」

「そうだね。たまにはレナたちと一緒にご飯でも食べたいなと思って、お店の片付けとかすごく頑張ってきたから」

お父さんが若干恥ずかしそうに言うと、私もちょっと照れくさくなった。

お父さんとお母さんは、二人で近くの町で小さなアクセサリーショップを営んでいる。

だからお母さんも夕方くらいまでは働いているんだけど、どんなに忙しい時でも必ず晩ご飯を作って一緒に食べてくれるんだ。

お店は行列ができる！　まではいかないらしいけど、結構人気があるみたいで、証拠に登校中の女子高生たちが、お父さんたちのお店のアクセサリーを身に着けているのを割と見かける。

なんでもお父さんとお母さんは同じ高校の同学年で、高校生の時に二人でアクセサリーショップを開きたいって夢を抱いて、それを叶《かな》えちゃったらしい。

その話を聞いて、素直にすごいな！　と思ったし、夢を叶《かな》えるとか私なんかには絶対にできないことだなって思った。

「おっ、今日はオムライスなんだ！　レナの大好物だね！」

「そうよ、ユクエくん！」

お父さんの言葉に、お母さんがビシッと指をさす。

ユクエとは、お父さんの名前のこと。ちなみにお母さんの名前はライカだ。

「だから、もし今日作ったオムライスを全部レナが食べちゃったら、私もユクエくんも晩ご飯抜きだね！」

「ええ⁉　そうなの⁉」

「ちょっと待って！　私、そんなに食べれないから！」

慌てて二人に伝えると、まずお母さんがくすっと笑って、続いてお父さんと私も笑った。

こんな感じで、うちの家族は仲がいい方だと思う。でも、たまに……私とお母さんたちで意見というか考えがすれ違うことがあるけど。

その後、私たちは各々席についてオムライスを食べ始めた。

「あのさレナ。その……何か欲しいものとかないかな？」

すると、急にお父さんがそんなことを訊《き》いてきた。

「欲しいもの？　別に私、誕生日とか近くないよ？」

「それはそうだけど……最近、お店がいつも以上に調子良くてね、だからレナに何か買ってあげたいなって」

お父さんはそう話すと、それ以上は何も言葉にせずこっちの答えを待ってくれる。

私は焦らされたりするのが苦手だから、きっと気遣ってくれているんだと思う。

お父さんはいつも落ち着いていて、そういう優しさがある人だから。

欲しいもの……欲しいもの……。

「……別にないかな」

「本当にないのかい？」

お父さんが少し心配そうな表情でもう一度訊くけど、私は頷《うなず》いた。

「なんでもいいのよ。ダイヤの指輪とかダイヤのネックレスとか」

「ライカ、さすがにそれは……」

お母さんが冗談っぽく言うと、お父さんが苦笑いを浮かべる。きっと私が答えやすいようにしてくれているんだろう。……でも。

「いまは特に欲しいものなんてないよ」

「いまは、って。レナはいつもそうやって言うじゃない。小学生の途中からは誕生日やクリスマスの時も何もいらないって。結局、私やユクエくんがレナが好きそうなものを選んじゃって……」

お母さんも心配そうにそう話す。お母さんが言った通り、私は小学四年生くらいの時から誕生日でもクリスマスでも何か欲しいと言わなくなった。

それはお母さんとお父さんがお店で忙しそうにしているのに、何かもらうことが申し訳ないという気持ちもあったし、それに私にはそこまでして欲しいものがなかったんだ。

洋服とか欲しいものはあるんだけど、お母さんたちが働いて得たお金を使ってまで欲しいもの……って考えたら、やっぱりないかなって。

そんな私だからか、昔から好きなことややりたいことが一つもない。

だから実は知英《ちえ》ちゃんからダークヒーローの話を聞いている時、楽しいと思うと同時にちょっぴり羨ましくも感じているんだ。初めて知英ちゃんと出会った時に強く惹《ひ》かれたのは、今にして思えば大好きなものをキラキラした瞳で話す彼女に憧れたからだと思う。

「レナ、君は僕たちの子供なんだから遠慮なんてしなくていいんだよ」

「遠慮なんてしてないよ。本当に欲しいものがないだけ。何か思いついたら言うよ」

お父さんの優しい言葉に、私は小さく首を横に振って答えた。

「あのねレナ、これは何回も言ってることだけど……もっとね〝自分らしく〟生きてもいいのよ。もっとワガママに生きてもいい。あなたがやりたいことをしてもいいの」

お母さんもまた優しい口調でそう伝えてくれる。

〝自分らしく〟

昔からお母さんがよく口にする言葉だ。たまにお父さんも言ってくる。

……けど、私は何度もこの言葉を聞いてきたけど、未《いま》だに理解できていなかった。

家族の仲が良くても、この言葉で私とお母さんたちの考えが必ずすれ違う。

だから、お母さんに〝自分らしく〟って言われた時、私は決まってこう答える。

「……そんなこと言われてもわからないよ」

◇◇◇

少し微妙な雰囲気の中、晩ご飯を食べ終えて、さらにお風呂を済ませると、私はパジャマ姿で自室のベッドに寝転がっていた。

スマホの画面を眺めているんだけど、頭の中にはまだお母さんの言葉が残っている。

〝自分らしく〟……。

けれど、私は何度考えてもこの言葉がよくわからない。

〝自分らしく〟生きるってどういうこと？

誰かのことなんて一切考えないで、自分が好きなように生きていくってこと？

自分勝手に生きていくってこと？　そんなの……そんなの嫌だよ。

だって、それじゃあ――涼葉《すずは》ちゃんがやっていることと同じだよ。

そう思ってから、私はすぐにぶんぶんと首を横に振った。

こんな誰もいない場所で、さらに絶対に誰にも聞こえない心の中で、誰かの悪口を言うなんて、最低だ。そう思うなら直接言うべきなんだから。

……でも私は呆《あき》れるほどに弱いから、そんなことはできない。

そんな私はずっと周りに合わせて、雰囲気に流されて生きていくしかないんだ。

そもそも空気を読んで生きていくことだって、悪いことじゃない。

むしろ、みんなそうして生きているんだ。

だから周りに合わせながら生きていたって、それなりにいい人生になるはず。

——じゃあ知英《ちえ》ちゃんはどうするの？

ふとそんな疑問がよぎるけど、私は考えないようにした。

もちろん知英ちゃんのことは助けたい！　本当にそう思っている！

できるなら、今すぐにでもそうしてる！

……でも、私はカッコよく誰かを助けられるような——ヒーローみたいにはなれない。

結局、自分のことが大事で、カッコ悪くてずるい人間だから。

「もう寝ようかな」

私はスマホを近くのローテーブルに置いて部屋の電気を消してから、ベッドに潜った。

……けれど眠るまでの間、やっぱりまだ〝自分らしく〟って言葉が引っ掛かっていた。

昔からずっと聞いていて、ずっと考えてもわからなくて——。

それなのに、どうしてこんなにも気になるんだろう。

◇◇◇

「みんな！　これを見なさい！」

数日後。朝の教室でいつものように涼葉《すずは》ちゃんたちのグループにいると、みんなが揃《そろ》うなり涼葉ちゃんがスマホを出して言ってきた。

そのスマホには、カフェで私たちがピースしている写真が映っている。

というのも、休日に約束していた通りこの前行ったカフェにもう一度行ったんだ。ついでに、すごくお洒落《しゃれ》なカフェだから五人で写真を撮った。

この前の時も撮ったんだけど、涼葉ちゃんの強い要望があってまた写真を撮ったんだ。

「この前、カフェで撮った写真を可愛《かわい》くしてみたの！　いいでしょ！」

涼葉ちゃんが言った通り、たしかに写真はアプリか何かで加工されている。

……可愛いとは思う。それに彼女のことだから知英ちゃんの顔だけ変な風にしちゃうんじゃないかと心配していたけど、それもなく知英ちゃんのことも可愛くしている。

涼葉ちゃんはたまにこういうこともする。それは知英ちゃんのことをもういじったりしないとかじゃなくて、ただの気分だと思う。涼葉《すずは》ちゃんは、そういう人なんだ。

「超可愛《かわい》いじゃん！」「めっちゃいい感じだよ！　涼葉～！」

絵里《えり》ちゃんたちがいつものように褒めまくる。この二人は本当に変わらないなぁ。

「でしょ！　レナと知英《ちえ》は？」

呑気《のんき》なことを思っていたら、涼葉ちゃんに訊《き》かれた。

き、きっと変なことを返したら怒られる。……ちゃ、ちゃんと安全に答えないと。

「すごく可愛いと思うよ」

「……うん。私もそう思う」

知英ちゃんの言葉に続いて、私も頷《うなず》きながら答えた。それに涼葉ちゃんは「でしょ、でしょ！」と満足げな表情を見せる。……良かった、怒られなかった。

情けないほどに安心していると、機嫌を良くした涼葉ちゃんから「これ、みんなにもあげるから！」と加工した写真が送られてきた。

その写真はみんな笑顔で、可愛く加工もされていて、すごくいい写真に見える。

……でも、私はその写真を心からいい写真だとは思えなかった。

休日に、私の幼馴染《おさななじみ》で大切な友達でもある知英ちゃんのことを嫌な気持ちにさせている人と出かけて、その人に言われるがままに一緒にカフェに入って、ご飯を食べて、ピースサインをして、写真を撮って――。

そんな写真に写っている私は、まるで生きているフリをしているように見えた。

笑顔を張り付けて、ピースサインを作って――見ているだけで気分が悪くなりそう。

……でも、しょうがないよね。これが周りに合わせるってことなんだから。

逆に私みたいな人間が自己主張したら、あっという間に傷つけられる。

それだけは……耐えられないよ。

「ねえ知英」

そう思っていたら、涼葉ちゃんがまた知英ちゃんを呼んだ。……この感じはいつもみたいに何か嫌なことをされるのかもしれない。パシリに使われたりとか。

知英ちゃんも察したのか、一瞬、不安な表情が見えたけど、すぐに普段の表情に戻って涼葉ちゃんの方へ向いた。

どうにかして助けたい！　と私は思いつつも、やっぱり思うだけで行動には移せない。

……やっぱり私はダメなやつだ。

「胡桃《くるみ》さんっている？」

落ち込んでいたら、不意に教室に男子の声が響いた。胡桃って……知英ちゃんを呼んでる？　見てみると、ドア付近にカッコいい男子生徒が立っていた。……たしかあの人って、バスケ部の中村《なかむら》くん？　だったかな。二年生でエースで女子からもかなり人気あるって、前に涼葉ちゃんたちが話していたのを聞いた気がする。

「中村《なかむら》っち、いつ見ても超イケメンじゃん！」

「だよね！　あれでバスケもできるし、頭もいいらしいからマジでヤバいわ〜！」

絵里《えり》ちゃんたちがそんな会話をしていた。私の情報は間違ってなかったみたい。

……でも、そんな彼がどうして知英《ちえ》ちゃんを呼んでいるんだろう？

「胡桃《くるみ》さん？　あれ、いないのかな？」

中村くんがキョロキョロしている中、知英ちゃんは突然のことでどうしたらいいかと迷った表情を浮かべている。

そんな彼女に、絵里ちゃんたちがクスクスと笑いながら、早く行くように促した。

絵里ちゃんたちとしては、この状況は面白いと感じているみたい。

じゃあ涼葉《すずは》ちゃんはというと、特に何も反応していない。……というか、体がピクリともしていない。……おかしいな。こういう時、嫌味《いやみ》でもからかうでも、何かしら言ってくるのが涼葉ちゃんなんだけど。

「は、はい！　います！」

知英ちゃんは返事をしたあと手を上げて、そのまま中村くんのところに向かう。

すると二人で少し話したあと、中村くんは教室から出て知英ちゃんは戻ってきた。

「知英、どうしたの？」

ここでようやく涼葉ちゃんが口を開いた。さっきまで石みたいに固まってたけど……あれはなんだったんだろう。

「その……放課後に話があるって」

知英ちゃんが答えると、涼葉ちゃんは目を見開いた。放課後に話って、それって……。

「ひょっとして告白かもね～」「まじか！　まさかの展開じゃん！」

絵里ちゃんたちがそうやって盛り上げる。この二人がからかってるだけなのか、本当にそう思っているのかはわからないけど、私は知英ちゃんが告白されても全然驚かない。

だって知英ちゃんはすごく優しくて、すごく可愛《かわい》いからね！

「こ、告白!?　い、いやいや、中村くんとは一年生の時に委員会で一緒になったことがあるけど、それだけで……その、あたしが告白なんてされるわけないよ!?」

絵里ちゃんたちの言葉に、知英ちゃんが動揺しながらも言葉を返す。

委員会で一緒だったんだ!?　それは私も知らなかったけど、やっぱりこれは告白なんじゃ――。

「告白なんてあるわけないでしょ！」

急に涼葉ちゃんが叫ぶように言った。

そのせいでクラスのみんなが驚いて、こっちを見てくる。正直、私もびっくりしているし、絵里《えり》ちゃんたちも知英《ちえ》ちゃんもあまりにも唐突だったから何も言葉を発せずにいた。

「この話は終わり。もっと別の話をするわよ」

けれど、涼葉《すずは》ちゃんは何事もなかったかのように冷静な口調で話す。

女王様の命令は絶対だから、私たちは彼女が言った通り、それ以降もう中村《なかむら》くんの件を話題にはしなかった。私たちが普通に喋《しゃべ》り始めると、クラスのみんなも涼葉ちゃんから聞こえた告白というワードが気になってそうだったけど、涼葉ちゃんに目を付けられるのが嫌だったのか、最終的にそれぞれの会話に戻っていった。

それから涼葉ちゃんを中心にして少し談笑をしていたら、そのままホームルームの時間を迎えた。でもこの時、私はすごく嫌な予感がした。

同時に、どうか私の思い違いであって欲しい、と強く願ったんだ。


放課後。結局、知英ちゃんは中村くんに告白された。きっかけはやっぱり委員会だったらしい。一緒に仕事をするうちに知英ちゃんに惹《ひ》かれて、好きになったんだって。

……けれど、知英ちゃんは告白を断った。

恋愛とかまだよくわかんなくて、中村くんのことも異性として好きじゃないからって。

この返答に、絵里ちゃんと結衣《ゆい》ちゃんはもったいない、って言ってたけど、私は告白されたらなんとなく断るんじゃないかって思っていた。

小さい頃から、知英ちゃんが異性を好きになった話なんて一回も聞いたことなかったし。

ひょっとしたら、そんなに興味もないのかもしれない。

知英ちゃんが本気で好きになる人がいるとしたら、それはきっとダークヒーローだけだと思う。

そして——私の悪い予感は当たってしまった。

告白された日を境に、涼葉ちゃんの知英ちゃんに対する嫌がらせが段々と酷《ひど》くなっていったんだ。

◇◇◇

知英ちゃんが告白されてから一週間が経《た》った。女子に人気の高い中村くんの告白を断ったから、本来なら色んな女子たちから妬まれたり僻《ひが》まれたりするのかもしれない。

しかし、そんなことは起きなかった。

なぜなら、そんな女子たちが手を出そうとするのをやめるほど、知英ちゃんが酷い目に遭っているから。

「悪いわね、知英。ちょっと手が滑っちゃったわ」

昼休み。涼葉《すずは》ちゃんたちと教室で一緒にお昼ご飯を食べていたら、不意に知英《ちえ》ちゃんのお弁当箱が落ちておかずが床に散らばった。

涼葉ちゃんが、知英ちゃんのお弁当箱を手で落としたんだ。

本人は手が滑ったとか言ってるけど、確実に故意に落としている。

そもそも手が滑って、他人のお弁当箱が落ちるとか意味わからないし。

「そ、そっか。それなら……しょうがないよね」

しかし、知英ちゃんは笑ってそう返すだけ。

涼葉ちゃんがわざとやったってわかってるはずなのに、何も言うことができない。

普段、彼女のことを持ち上げまくっている絵里《えり》ちゃんたちも、さすがに酷《ひど》いと思っているのか気まずそうな顔をしているけど、注意とかは決してしない。

いま教室にいるクラスメイトたちだって、涼葉ちゃんがしたことに気づいているはずなのに、みんな見て見ぬフリだ。

知英ちゃんが中村《なかむら》くんに告白された翌日から、こんな状況が続いている。

……とはいっても、最初はお弁当箱を落とすほど酷いことはしていなかった。

知英ちゃんが告白された翌日は、涼葉ちゃんが急に知英ちゃんに肩もみをやらせた。

今までしてこなかった命令だったから絵里ちゃんたちも含めて驚いたけど、まあいつもより少し機嫌が悪いのかなくらいに思っていたんだ。

しかしその翌日は、知英ちゃんが何か話すたびに「声が小さいのよ！」「うるさいのよ！」と、めちゃくちゃな罵倒をしたり。

その翌日は、逆に知英ちゃんのことを無視し続けたり。

そうして、いまのようにまで知英ちゃんが酷く扱われるようになってしまった。

どうして突然、こんな風になってしまったのかと疑問に思ったけど、それは絵里ちゃんたちがこっそり教えてくれた。

なんでも涼葉ちゃんは中村くんのことが好きだったらしい。

要するに嫉妬だ。ただそれだけ。

それだけのことで知英ちゃんは、今までよりもすごく酷い目に遭っている。

だけど、誰も止めることはできない。涼葉ちゃんは女王様だから、誰も逆らえない。

……けれどそんな状況に、私は今まで以上に怒りが込み上げていた。

今まで散々見て見ぬフリをしてきた私がこういう感情を抱くのは自分勝手だとわかっているけれど、今回はさすがに嫌がらせでは済まされないと思う。

だから、今日こそは涼葉ちゃんに伝える。

もう知英ちゃんに嫌なことをするのは、やめてって。

――伝えるんだ！

「……っ」

強く決意して言葉を出そうとしたけど……声すら出なかった。

どうしようもなく恐《こわ》くて、頭の中ではどんな言葉を言うべきかわかっているはずなのに、口にすることができない。

こんな時でも、どうして私は何も言えないの。……どうして。

それから何度も何度も声を出そうとしたけど……無理だった。

私は知英《ちえ》ちゃんが床に落ちているお弁当のおかずを拾っている姿を、ただ見ることしかできなかったんだ。そして、つくづく思ってしまう。

……私って、本当に最低なやつだ。

◇◇◇

放課後になって、私と知英ちゃんは一緒に帰っていた。今日は涼葉《すずは》ちゃんが見たいテレビ番組があるらしくて、いつもみたいにカフェに行ったりしないで済んだんだ。

いつも他人の意見をロクに聞かずに色んなところに連れまわすくせに、自分がしたいことがあったらすぐに家に帰るなんて。相変わらず自分勝手だなって思うけど、こうして知英ちゃんと一緒に帰ることができているから……もういいや。

そもそも、なるべく涼葉ちゃんと一緒にいたくないし……。

「知英ちゃん。その、涼葉ちゃんとのこと……大丈夫？」

隣を歩いている知英ちゃんに訊《たず》ねる。それに彼女は笑った。

「大丈夫、大丈夫。あれくらい大したことないよ。まあお弁当はダメになっちゃったから
ちょっとお腹空《なかす》いちゃってるけど……」

何でもないように答える知英ちゃんに、私の方が悲しくなって泣きそうになってしまう。

だって、わかってしまうから。

いまの彼女の笑顔は辛《つら》い気持ちを耐えるために、無理やり作っているものだって。

普通の人なら気が付かないかもしれないけれど、ずっと一緒にいた私にはいつもと違う
笑顔だってわかってしまう。

「……知英ちゃん、家族にさ、相談をするのはどうかな？」

どうしても彼女を助けたい私は、そう提案した。知英ちゃんの家族のことはよく知って
いる。お母さんもお父さんも、涼葉ちゃんと同じでとても優しい人たちだ。

きっと知英ちゃんが涼葉ちゃんのことを話したら、力になってくれる。

「無理だよ。こんなことでママやパパに迷惑はかけられないから」

「で、でも……」

迷いなく言葉を返した知英ちゃんを、私は説得しようとして……やめた。

お母さんとお父さんに自分はいまクラスメイトに酷《ひど》い目に遭わされているって話すのは、

嫌だよね。学校生活が上手《うま》くいってなかったってバレちゃうし、大ごとにもなるだろうし、そもそも家族に相談してもちゃんと解決するかどうかもわからない。

だから、知英《ちえ》ちゃんの気持ちはよくわかる。

それに誰かに相談することを勧めるよりも、まず幼馴染《おさななじみ》の私が助けろって話だよね。

「さっきも言ったけど、あたしは大丈夫だって！」

俯《うつむ》いてしまっていると、知英ちゃんが元気な声で言った。

見ると、彼女はまた笑っていた。けれど、これはいつもの彼女の笑顔だった。

「もし今日以上のことを涼葉《すずは》ちゃんがしてきたら、最近あたしが考えたダークヒーローみたいな必殺技『デストロイヤー・ダーク・ダークネス』で涼葉ちゃんを懲らしめちゃうからね！　だから安心してよ、レナちゃん！」

銃を撃つ仕草をする、知英ちゃん。どうやら銃を使った必殺技みたい。

彼女は小さい頃からオリジナルの必殺技をよく考えて、私にだけ教えてくれるんだ。

そんな彼女から、励まさなくちゃいけない立場なのに逆に元気をもらってしまった。

「……わかった。というかその必殺技、ダークが多いね」

「カッコいいでしょ！」

知英ちゃんがウィンクすると、私は思わず笑ってしまう。……やっぱり私はダメだな。

いつでもどんな時でも、知英ちゃんからもらってばかりだ。

でも——だからこそ、今度は私が知英《ちえ》ちゃんを助けたい。

次に涼葉《すずは》ちゃんが知英ちゃんに嫌がらせをしたら、私は絶対に言うよ。もうやめてって。私の大切な友達をこれ以上、傷つけないでって。

——絶対に知英ちゃんを助けるんだ！

◇◇◇

翌日。私は知英ちゃんと一緒に登校して、いつものように知英ちゃんはダークヒーローの話をしてくれたりして、すごく楽しい。

そんな時間のおかげで、私の決意はより一層強くなった。

今日こそ私が涼葉ちゃんにバシッと言って、絶対に知英ちゃんを助けるんだ！

そうして学校に着いて、廊下を歩いていたら向こうからちょうど担任の先生——佐藤《さとう》先生が歩いてきた。三十代くらいの男性教師だ。

私と知英ちゃんが「おはようございます」と挨拶すると、佐藤先生も「おはよう！」と返してくれた。

この時、ふとあることが頭をよぎる。

冷静になって考えてみれば、先生に相談するって手段もあるんだよね。

しかし、私はこの方法はあまり積極的にしようって思えない。

なぜなら実は一年生の時の担任の先生に、何度か相談したことがあるから。

けれど、その先生は「友達同士の冗談とかそういうものでしょ。私も学生時代にそういうことあったな～」とか言ってくるだけだった。こっちは真剣に相談をしたのに……。

だからそれ以降は、先生に相談しようとは全く考えなかった。

……でも、もし先生が穏便に解決してくれるなら、そっちの方がいいんだよね。

これは別に私が恐《こわ》くなったとかじゃなくて、先生が上手《うま》く対処してくれた方が知英ちゃんの心の負担がより少なくなると思うから。

ちなみに佐藤先生とは四月の二者面談でちゃんと話したことがあって、その時の印象は明るくて優しそうで、少しだけ知英ちゃんと同じタイプかもって思った。

……知英ちゃんのためにも、もう一回だけ相談してもいいのかな。

「レナちゃん？」

色々と考えていたら、知英ちゃんが心配そうにこっちを見てくれていた。

……知英ちゃんのためにできることは全部やっておいた方がいいよね。

もし佐藤先生に相談してダメだったら、その時は決めていた通り私が涼葉ちゃんに知英ちゃんに嫌がらせをするのをやめるように言えばいいんだから。

「知英ちゃん、先に教室に行っててくれる？　佐藤先生に勉強で訊《き》きたいことがあって」

「……そっか、わかった。じゃあ先に行ってるね」

知英《ちえ》ちゃんは安心したように頷《うなず》くと、一人で教室がある方へ歩いて行った。

……佐藤《さとう》先生はたぶん職員室に向かったはず。早く行こう。


職員室に行くと、予想通り佐藤先生がいた。それから私は彼を呼び止めて、大事な話があると伝えると、職員室の中にある面談用の部屋へ案内された。

「で、大事な話ってなにかな？」

佐藤先生は優しい物言いで訊《き》いてくれた。私が話しやすい雰囲気を作ってくれているようにも感じた。ひょっとしたら、本当にこの人ならなんとかしてくれるかもしれない。

「その……実は知英ちゃんが涼葉《すずは》ちゃんに嫌がらせをされているんです」

私が話すと、佐藤先生は驚いたように目を見開いた。どうやら知らなかったみたい。

まあ担任になってから二ヵ月も経《た》ってないから仕方ないと思うけど。

「佐藤先生。どうにかして、やめさせてもらえませんか？」

私が真剣にお願いすると、佐藤先生は何かを考えるように暫《しばら》く黙る。

それから彼は質問をしてきた。

「嫌がらせって。具体的には？」

「えっ、その……飲み物を買いに行かされたりとか、肩もみをやらされたりとか……あと昨日なんか知英ちゃんのお弁当箱を落としたんです」

私が事実を伝えると、佐藤先生は今度は悩むような表情を見せる。普通ならどう解決しようかで悩むはずだろう。……だけど、私はこの表情を知っている。

これは厄介ごとに巻き込まれてしまった、と思っている時の顔だ。

「うーん、俺も学生時代そうだったけど、そういうのはじゃれ合いみたいなものだからなぁ。それにお弁当箱を落としたって言うけど故意に落としたかなんてわかんないし」

佐藤先生は最初の優しそうな口調はどっかへ行ってしまい、至極面倒くさそうな声で話している。そんな彼の態度に、私は怒りを通り越して呆《あき》れた。

……結局、この先生も同じか。相談した私がバカだった。

「もういいです。お時間取ってすみませんでした」

私はそう言うと、自分から立ち上がって部屋を出た。

後ろから佐藤先生が何か言ってたけど、よく聞こえなかったし聞きたくもなかった。

どうせ他の先生とかに言わないでくれ、とかそういう話だろう。前に相談した先生もそうだったし……。こんなことなら、最初から佐藤先生なんかに相談しないで知英ちゃんと一緒に教室に行けば良かった。

……頼りにならない先生たちのことは、もういいや。

だって、これから私が涼葉ちゃんに注意したら済む話なんだから。

待っててね、知英《ちえ》ちゃん。今日こそ私が知英ちゃんを助けるから。

◇◇◇

職員室を出てから教室の前に着いた。

……だけどその時、ふと違和感を覚える。

あまりにも教室の中が静かすぎる。

普段ならクラスメイトたちの談笑している声がよく聞こえるはずなのに、いまは誰も喋《しゃべ》ってないんじゃないかってくらい音が聞こえない。

……どうしたんだろう。

不思議に思いつつ、私は教室のドアを開ける。

すると——。

教室の中には、制服がびしょ濡《ぬ》れになっている知英ちゃんが立っていた。

……えっ？

あまりの衝撃的な光景に、私は一瞬思考ができなくなる。

……なんで知英ちゃんがこんなことになっているの？

改めて教室の中を見回すと、その光景にクラスメイトたちも会話もせず驚いている様子だった。そんな彼女たちは知英ちゃんから少し離れた位置で、みんなある方向を見ている。

その視線の先には――涼葉《すずは》ちゃんがいた。

きっと……ううん、確実に知英ちゃんをびしょ濡れにしたのは涼葉ちゃんだ。

証拠に、彼女の左手には空いたペットボトルが握られている。

「知英さ、最近ちょっと調子に乗ってるんじゃない？」

「そ、そんなことないよ……」

知英ちゃんは笑いながら、そう答える。それは大好きなダークヒーローについて語っている時のような楽しい気持ちから見せる彼女の笑顔ではなく、明らかに何かに耐えている時の笑顔だった。

「なに笑ってんの！　超ムカつくんだけど！」

しかし、いつも自分勝手な涼葉ちゃんはそんなことすらわからず、逆にバカにされていると思ったのか激しい口調で言葉をぶつけながらキレる。

「今日なんかウチが話してても、つまんなそうな顔してさ。どうせ中村《なかむら》くんに告白されたから、ウチよりも自分の方が上だとか思ってるんでしょ？」

「そ、そんなこと思ってるわけないよ。それに涼葉ちゃんの話だっていつもちゃんと聞いてるし面白いなって思ってるし……」

「うるさい！　そうやって嘘《うそ》ばっかつくな！」

涼葉《すずは》ちゃんは激昂《げきこう》する。自分が話している時につまんなそうな顔をしたからって、怒っている理由がめちゃくちゃだ。

それに誰よりも優しい知英《ちえ》ちゃんは絶対にそんなことしない。

「す、涼葉っち。も、もういいんじゃない？」

「そ、そうだよ……ムカついたとはいえ、充分かなって……」

いつも涼葉ちゃんのことを褒めまくっている絵里《えり》ちゃんたちも、今回ばかりはやりすぎだと思ったらしく、彼女のことを止めようとする。

……あの二人がこんなことするの、初めて見た。

「は？　あんたらウチに逆らう気？」

けれど涼葉ちゃんが鋭く睨《にら》みつけると、二人は萎縮して黙ってしまう。

どうして涼葉ちゃんは、こんなにも自分のことしか考えられないんだろう。

小学校からの友達の絵里ちゃんたちが気にしてくれているのに、なんでそれすらわからないんだろう。

……どうして私の大切な人を、大した理由もなく傷つけるんだろう。

そんな疑問がどんどん湧いてきて、急激に怒りが込み上げてきて——。

「涼葉ちゃん！」

気が付いたら、私は叫んでいた。直後、まずクラスメイトたちが一斉に私の方を見て、次いで絵里ちゃんたちや知英ちゃんも私の存在に気づく。

最後に涼葉ちゃんがこれ以上ない激しい目つきでこっちに視線を向けてきた。

「レナ、ウチはいま知英と話してるんだけど……なに？」

怒り心頭になっている涼葉ちゃんに、私は一瞬気おくれする。

さっきはつい涼葉ちゃんの名前を呼んじゃったけど……でも、これはチャンスだよね。

ここで私が涼葉ちゃんにバシッと言って、涼葉ちゃんが知英ちゃんにやっている嫌がらせを止めるんだ。そうしたらようやく知英ちゃんを助けられる！

……よし、伝えるぞ！

もう知英ちゃんに嫌なことをするのはやめて、って今日は絶対に伝えるんだ。

そして私にとって一番大切な人を――知英ちゃんを助けるんだ！

「その……涼葉ちゃん、もう――」

しかし、私はまた前みたいに言葉に詰まってしまう。

……恐《こわ》がっている場合じゃない。ちゃんと伝えなくちゃ。

知英《ちえ》ちゃんを助けるために——伝えなくちゃ！

「なによ？　ウチに何かいいたいことでもあるの？」

涼葉《すずは》ちゃんはさらに苛《いら》ついた様子で訊《き》いてくる。

あるよ。涼葉ちゃんに言いたいことなんて山ほどあるよ。

そんなに自分勝手で楽しいの？　そんなに人のことを傷つけて楽しいの？

でもその前に知英ちゃんに嫌がらせをするのは、やめてって。

——伝えなくちゃ！

「も、もう——」

……だが、私はさっきよりもさらに言葉が出なくなってしまう。

私は何をしているの。早く伝えなくちゃ。

——伝えなくちゃ。

「なんなのよ！　早く言いなさいよ！」

耐えられなくなった涼葉ちゃんが怒号を上げた。

ものすごく恐《こわ》い……恐いけど……私は大切な人を助けるんだ。

知英ちゃんを助けるんだ。だから——。

……伝えなくちゃ。

「っ——」

けれど、ついに私は一言も言葉が出なくなってしまった。

こんなにも伝えなくちゃいけないって気持ちがあるのに……伝えられない。

……どうしてなの。お願いだよ。声に出てよ。

私はただ知英ちゃんを助けたいだけなのに。

今まで沢山助けられてきたから、恩返しをしたいのに。

……どうして私はこんな時でも恐がっているの？

そう思っていても、私は答えを知っている。

結局、私はどこまでいっても自分のことを考えているからだ。

もし涼葉ちゃんに知英ちゃんへの嫌がらせをやめるように言ったら、今度は私が標的になるんじゃないかって……。いや、きっと私が標的になる。

それがたまらなく恐いんだ。自分が傷つくのがどうしようもなく嫌なんだ。

こんなにも大切な人が──知英ちゃんが傷つけられているのに、それでも私は自分が傷つけられたくないと思ってしまっている。

要するに、私は涼葉ちゃんと同じ人間だったんだ。

呆《あき》れるほどに、自分のことだけを考えている。

そんな私が知英ちゃんを助けられるような存在に──ヒーローになれるわけがない。

……どこまでいっても私は最低な人間だったんだね。

それを自覚した途端、私は上手《うま》く呼吸ができなくなって、すごく苦しくなって──。

「レナちゃん!?」

最後に知英《ちえ》ちゃんの声が聞こえて、意識を失った。

◇◇◇

「──っ!」

目が覚めると、視界には見慣れない天井が映っていた。

あれ私、どうしてベッドに寝て……ううん、それよりも知英ちゃんは!

「レナちゃん!」

焦っていたら、今度はよく聞き慣れた声が聞こえた。

視線を向けると、知英ちゃんが少し離れたところからベッドの横まで駆け寄ってくる。

「やっと起きたんだね。良かったぁ……」

それから安堵《あんど》したようにそう言ってくれた。

そんな彼女は制服ではなく学校指定のジャージを着ている。

それを見て、私は思い出した。……そっか。私、涼葉《すずは》ちゃんに知英ちゃんへの嫌がらせをやめさせようとして、でも、できなくて……そしたら急に苦しくなって倒れちゃったんだ。……私って、本当に役立たずだ。

「レナちゃんね、過呼吸になっちゃって保健室まで運ばれてきたんだよ。まあ最初はあたしが運んでたんだけど、その……制服が濡《ぬ》れちゃってたから、このままじゃレナちゃんも濡れちゃうなぁって思ってたら、なんと絵里《えり》ちゃんたちが二人で運んでくれたんだ」

「絵里ちゃんたちが、私を……」

正直、意外だった。絵里ちゃんたちはとにかく涼葉ちゃんの機嫌を損ねないようにする人たちだという印象だったから、涼葉ちゃんに少しでも逆らおうとした私のことなんて放っておくと思っていた。

それからいまは授業の合間の休み時間で、その時間を使って私のことを心配してくれた知英ちゃんが様子を見に来てくれたこと。

保健室の先生が体育の授業で割と深刻な怪我《けが》をしてしまった生徒の処置のために現場に行ったから不在で、部屋にいるのは私と知英ちゃんだけってこと。

最後に、私が倒れたことで担任の佐藤《さとう》先生を含めた何人かの先生たちがクラスメイトたちに事情を聞いたけど、みんな涼葉ちゃんのことは何一つ話さなかったこと、を知英ちゃんから教えてもらった。

私が倒れたのは急に過呼吸が起きたからってことになって、知英ちゃんの制服が濡れたのも自分で飲み物を零《こぼ》したってことになったみたい。

知英《ちえ》ちゃんは最初は本当のことを言おうか悩んでいたけど、その間にでっち上げられて事実を伝えるタイミングを失ってしまったらしい。

……なにそれ。何もかも嘘《うそ》だらけだ。

けれど、先生たちはそれで納得したらしい。他の学校は知らないけど、この学校の先生っていうのは誰も彼も大ごとにはしたくない人たちなんだろう。

「もう本当に心配したんだよ！」

全てを話したあと、知英ちゃんはそう言って私を抱きしめてくれる。

いつでもどこまでも優しい知英ちゃんの行為に、私の心は自然と温かくなった。

……けれど、彼女の体はジャージ越しでもひどく冷たいような気がして、私は自分のことが許せなくなる。彼女が今までにないほど苦しい目に遭っているはずなのに、私は彼女からまたもらってしまって……。

「知英ちゃん。その、さっきは――」

「レナちゃん。もういいんだよ」

涼葉《すずは》ちゃんに何も言えなかったことが申し訳なくなって謝ろうとすると、それよりも先に知英ちゃんが言葉を口にした。

「えっ、もういいって……」

知英ちゃんの言葉を疑問に思って、訊《き》き返すと――。

「もうね、あたしを無理に助けようとしなくていいんだよ」

知英ちゃんは可愛《かわい》くて、優しくて――とても切ない笑みを浮かべていた。

それを見た瞬間、私はひどく動揺した。

どうやら知英ちゃんには、私がしようとしていたことはバレていたみたい。

これも小さい頃から一緒にいた幼馴染《おさななじみ》だからなのかな。別に隠すつもりはなかったから
いいんだけど……。

ううん、そんなことよりも知英ちゃんのことを助けなくてもいいって……。

「な、なんでそんなこと言うの……？」

「前にも言ったけど、大ごとになって両親に知られて迷惑をかけるのは嫌だから」

「そ、それは……で、でも――」

「それにね！」

言葉の最中、知英ちゃんが遮るように言った。

続いて、彼女はさっきの切ない笑顔を見せたまま――。

「あたしが大好きな人が――レナちゃんが傷つくところなんて見たくないもん」

刹那、少しの嬉《うれ》しい感情と果てしないほどの苦しい感情が私の心に流れ込んできた。

そのせいでズキン、と胸が激しく痛む。

知英《ちえ》ちゃんが大好きと言ってくれたことは本当に嬉《うれ》しい。……でも、だからってもう自分のことは助けなくていいなんて、そんなこと言わないでよ。

……これは絶対に伝えなくちゃ。

「わ、私だって……知英ちゃんのことが大好きだよ。それなのに助けなくていいなんて……そ、そんなこと言わないでよ」

涼葉《すずは》ちゃんとのことが頭に残っているせいか緊張で声を震わせながら、なんとか私は気持ちを伝えた。涼葉ちゃんには何も言えなかったけど……知英ちゃんにはちゃんと自分が言いたいことを言えた。……良かった。

しかし刹那、知英ちゃんはかなり驚いたような表情をする。

「……知英ちゃん？」

不思議に思って名前を呼ぶと、彼女はハッとしてから——また笑った。

でも、その笑顔はさっきまでとは違うように見えて——。

「レナちゃんにそんなこと言ってもらえるなんて、本当に嬉しいな」

知英ちゃんのその言葉は、心の底から言ってくれているように思えた。

少しでも知英ちゃんを励ますことができたような気がして、私はちょっと安心する。

「そ、それなら——」

今度こそ私に知英ちゃんを助けさせて、と言おうとしたけど、その前に私が言いたいことを察したのか、知英ちゃんがゆっくりと首を横に振った。

「大丈夫！　こういうことが一生続くわけじゃないし、これも前にも言ったけど三年生になってクラス替えになったら、きっとあたしもレナちゃんも涼葉ちゃんとは別々のクラスになるよ。そうなったらもう万事解決でしょ！」

知英ちゃんは私を安心させるような口調で伝えてくれる。

……それって知英ちゃんが三年生になるまで耐えるってことだよね。

そんなの嫌だよ！

そもそも三年生になったからって、必ず別クラスになるとも限らないし……。

それにこうして知英ちゃんと話して、改めて思ったんだ。

涼葉ちゃんに何もできなかった私がこんなこと思う資格ないかもしれないけど……やっぱり私は今すぐにでも知英ちゃんが苦しまないようにしたい。

——助けたいんだ。

「だからね、レナちゃん。もうあたしを助けようとしないで」

しかし知英ちゃんは懇願するように、私に伝えてきた。

その時の彼女からはもう笑みが消えていて、逆に泣いてしまいそうな表情になっていた。

こんな風に言われたら、私はどうしたらいいの。

私は知英《ちえ》ちゃんに傷ついて欲しくないと思っている。

でも、知英ちゃんは私に傷ついて欲しくないと思っている。

私が知英ちゃんを助けようとしたら、彼女に迷惑をかけちゃうのかな。そもそも涼葉《すずは》ちゃんに何も言えずに意識を失った私が、本当に知英ちゃんを助けられるのかな。

……また意識を失って、知英ちゃんを悲しませちゃうだけなのかな。

次こそは知英ちゃんを助けたいって気持ちはあるのに……もうよくわからないよ。

結局、知英ちゃんの言葉を、私は受け入れることも拒むこともできなくて……。

授業が始まる時間が近づくと、最後に知英ちゃんは「じゃあまたね」と笑って保健室を出て行った。……けれど、その笑顔がどんな笑顔だったのか、頭の中がぐちゃぐちゃになっていた私はちゃんと見ることができなかった。


それから私の目が覚めたことを知った佐藤《さとう》先生が、一応話を聞きにきたけど、私を心配しているというよりは、遠回しに大ごとにはしないように伝えにきたように思えた。

彼の判断なのか、先生たちの判断なのか知らないけど、この様子だと今回のことがちゃんと明るみに出ることはないと思う。

きっと生徒同士のちょっとした喧嘩《けんか》で済まされるんだろう。もちろん知英ちゃんが涼葉ちゃんに酷《ひど》い目に遭わされていることも、表に出ることはない。

みんなどこまで自分勝手なんだ、と思ったけれど、自分が傷つくのが嫌で涼葉ちゃんに何も言えなかった私も同じようなものだから、佐藤先生に怒る資格はないよね。

佐藤先生と無駄な話し合いをしたあと、暫《しばら》くするとお母さんが迎えに来た。

なんでも佐藤先生が連絡したらしいけど、お母さんは私が倒れたことは知ってるけど、急に過呼吸で倒れたって知らされていて、涼葉ちゃんに知英ちゃんへの嫌がらせをやめさせようとしたから、っていう本当の理由は知らなかったんだ。

そうして、私は念のため授業を休んで病院に行くことになった。

お母さんが運転する車で病院に向かっている最中、私の体調をかなり心配してくれて、なんだか涙が出てしまいそうになった。すると、私の様子を見て不安になったのか、お母さんが「ひょっとして嫌がらせとかされてない？」と訊《き》いてくれた。

私が「どうして？」って訊《たず》ねると、お母さんは先生の説明に納得いってなかったらしい。

正直、私は知英ちゃんが嫌がらせをされているって話してしまいたかった。

……でも、保健室での知英ちゃんのお願いを聞いて、このままお母さんに話してしまったら、やっぱり知英ちゃんに迷惑をかけるんじゃないかって悩んでしまう。

少なくとも知英ちゃんの両親には、涼葉ちゃんとのことは知られちゃうだろうし……それは知英《ちえ》ちゃんが嫌だって言っていた。

それに知英ちゃんは私に傷ついて欲しくないって……それでも私は知英ちゃんに傷ついて欲しくなくて、彼女を助けたくて……でも知英ちゃんは私に傷ついて欲しくなくて……。

ううん、もしかしたらまた色々理由をつけて、本当は私が涼葉《すずは》ちゃんに傷つけられたくないだけかもしれない。

……ただ自分のことだけを守ろうとしているのかもしれない。

もう自分の気持ちがわからなくなって、また頭の中がぐちゃぐちゃになって——。

結局、お母さんの質問に私は「なにもされてないよ」って言葉を返すだけだった。

それにお母さんは納得していなかったみたいだけど、私のことを気遣ってくれたのか、それ以上は何も訊《き》いてこなかった。

◇◇◇

翌日。病院の検査で特に何もなかった私は、いつも通り知英ちゃんと一緒に登校した。

教室には当然ながら涼葉ちゃんたちがいて、私たちはものすごく嫌だけど涼葉ちゃんたちのところに行くしかない。そうしないと涼葉ちゃんが何をするかわからないから。

昨日、涼葉ちゃんに歯向かうようなことをしたから、今日から私も涼葉ちゃんの標的にされるかもしれない、と思っていたけど、特にそんなことはなかった。

それどころか涼葉ちゃんは私よりも、知英ちゃんのことをずっと見ていた。

それだけ中村《なかむら》くんのことが好きで、告白された知英ちゃんのことが許せないんだろう。

この日も談笑の最中や昼休みの時間に、涼葉ちゃんが知英ちゃんに嫌がらせをしていた。

意味もなく知英ちゃんにキレたり、罵倒を浴びせたり——。

いや、これはもう嫌がらせじゃない——いじめだ。

しかし、クラスメイトたちは私たちとは一切関わらないようにしていて、絵里《えり》ちゃんたちも何も言えず傍観するだけ。

私は知英ちゃんを助けたいという気持ちは持っているけど、知英ちゃんのお願いを守りつつ彼女を助ける方法はないかとか、いつものように色々と考えて、どうするべきか迷って——結局、何もできない。

そうして知英ちゃんが耐え続ける日々が続いた。


耐えて、耐えて、耐えて——。

耐えて、耐えて、耐えて、耐えて、耐えて、耐えて、耐えて、耐えて、耐えて、耐えて、
耐えて、耐えて、耐えて、耐えて、耐えて、耐えて、耐えて、耐えて——。

耐えて、耐えて——。

知英《ちえ》ちゃんは学校に来なくなった。

◇◇◇

知英ちゃんが学校を休み始めてから一週間が経《た》った。五月に入ったけれど、彼女が学校に来る気配は一切ない。

私は彼女が休んだ初日から心配で、一応担任の佐藤《さとう》先生に理由を訊《き》いたけど風邪だって答えて……でも絶対に違うよね。原因は百パーセント涼葉《すずは》ちゃんだ。

私はこの一週間、知英ちゃんの様子が心配で彼女の家に行くか迷って——まだ行くことができていない。

情けないことに、いまの知英ちゃんにどんな言葉を掛けたらいいかわからないんだ。

今度こそ私が涼葉ちゃんに嫌がらせをやめてって伝えるから、また一緒に学校に行こうと、励ましたらいいのか。

もう無理して学校に来なくてもいいんだよって、安心させるようにしたらいいのか。

……こんな時でもいつまでも悩んで……本当に自分が大嫌いだ。

「ちょっとレナ！　これウチが買ってきてって言った飲み物と違うんだけど！」

そんな私だから知英ちゃんが学校に来なくなってから、案の定、涼葉ちゃんにこき使われるようになった。でも、まだ全然知英ちゃんがされていたほどじゃなくて……どれだけ知英ちゃんが辛《つら》い目に遭っていたのかを改めて考えると、激しく胸が痛んだ。

ちなみに絵里《えり》ちゃんたちは知英ちゃんのことを心配してそうだったけど、涼葉ちゃんは知英ちゃんが学校に来なくなったことなんて全く気にしていない。……ひどいよね。

「……ご、ごめん。涼葉ちゃん」

「ごめんで済んだら、警察なんていらないし。そんなの小学生でも知ってることでしょうが。……はい、もう一回飲み物買ってきて。あっ、もちろんアンタの自腹ね」

涼葉ちゃんは一切悪びれることなく命令してくる。そんな彼女に隣にいる絵里ちゃんたちは何か言ってくれようとするけど……やっぱり何も言うことができない。

クラスメイトたちも慣れたように見て見ぬフリ。

「……うん。わかった」

私は頷《うなず》いて、もう一度校内の自販機に飲み物を買いに行った。

こうして一週間、涼葉《すずは》ちゃんにずっと嫌がらせをされているけれど、そのせいで辛《つら》いとか苦しいとかいう気持ちは正直あまりなかった。

それよりも学校に知英《ちえ》ちゃんがいないことの方が——登下校の時間だけでも知英ちゃんと二人きりで一緒に過ごせないことの方が、ものすごく辛くて苦しかった。

……本当に何やってんだろ、私。

知英ちゃんが一番大切だってわかっていたのに。

大好きだってわかっていたのに。

知英ちゃんが一緒にいなかったら、楽しくないよ。

どんな時も、どんなことも楽しくないよ。


——私、知英ちゃんと一緒にいたいよ。

◇◇◇

放課後。いつも通りなら涼葉ちゃんに付き合わされてどっかに遊びに行くんだけど、彼女が「なんか今日は遊びたい気分じゃないわね」って言ったから解散になった。

……相変わらず自分勝手な人だね。

それから私は一人で帰ろうとしたんだけど……やっぱりやめて知英ちゃんの家に行くことにした。

まだ知英ちゃんにどんな言葉を伝えたらいいかわからない。

それに知英ちゃんに会いたいって言っても、嫌がられるかもしれない。

私が傷つくのが嫌だって言ってくれたとはいえ、結局知英ちゃんに何もしてあげられなかった私のことなんてもう嫌っているかもしれない。

……それでも私は知英ちゃんと話がしたい。

そして今度こそ、本当に知英ちゃんの力になりたい。

それでね、また知英ちゃんの心の底から楽しんでいる笑顔を見たいんだ。

知英ちゃんの家に着いてインターホンを押すと、知英ちゃんのお母さんが出迎えてくれた。知英ちゃんのお母さんは、落ち着きがあって母性溢《あふ》れた性格をしていて、私のお母さんとは真逆と言ってもいい。

知英ちゃんのお母さんの少し後ろには、知英ちゃんの弟——理央《りお》くんがこっちを見ていた。たしか今年で小学二年生だったかな。理央くんが手を振ってくれたので、私も手を振り返した。彼の様子を見る限り、まだ小さいからか知英ちゃんがどうなっているのかはよくわかってなさそう。

知英ちゃんのお母さんに知英ちゃんに会いに来たことを伝えると、知英ちゃんは自分の部屋にいるらしくて、知英《ちえ》ちゃんのお母さんは気を遣って私一人で彼女の部屋に向かわせてくれた。

知英ちゃんのお母さんが話すには、両親の二人とも知英ちゃんが嫌がらせを受けていたことを知っているらしく、知英ちゃんが不登校になってから数日後に本人が明かしてくれたらしい。きっと知英ちゃんが、理由も話さず、学校に行かないで家にいることに耐えられなくなったんだろう。……知英ちゃんは優しいから。

知英ちゃんのお母さんは何度か学校に連絡したり、学校に直接行ったりしたらしいけど、先生たちは話を聞いてくれるもののまともに対応してくれないみたい。

……やっぱりあの学校の先生たちはダメだ。

私は二階に上がって、知英ちゃんの部屋の前に着くと、ドアを二回ノックする。

「……ママ?」

すると、知英ちゃんの声が返ってきた。心なしか弱々しく聞こえる。

それにズキンと胸が痛んだ。

「……知英ちゃん、レナだよ」

「えっ、レナちゃん……?」

「うん、知英ちゃんのことが心配で来たんだけど、お話できないかな?」

私がそう訊《き》くけど、知英ちゃんの言葉は返ってこない。きっと悩んでいるんだと思う。

それから暫《しばら》く経《た》って、ガチャリとドアが開いた。

「レナちゃん、入って」

そう案内してくれた知英ちゃんはパジャマ姿で、ちょっと髪の毛が乱れていて、顔も少しやつれていて、その様子からほとんど外に出てすらいないように感じた。

その姿を見て、私はひどく心苦しくなる。同時に本当に来て良かったのかなって気持ちと、もっと早く来れば良かったって気持ちが入り混じった。

部屋に入ると、私と知英ちゃんは可愛《かわい》いフロアクッションの上に座った。

「ち、知英ちゃん……大丈夫?」

自分から頼んで部屋に入ったくせに、私は最初の言葉に悩んでしまって……結局、そう訊《たず》ねた。いつもいつも大丈夫? って訊いてばかりで、ロクな言葉が思いつかない。

こんな時でも私は、本当にダメなやつだ。

「……うーん、どうかな」

知英ちゃんは困ったように笑った。いつも大丈夫と答えていたけど……そうだよね。もう大丈夫じゃないに決まってるよね。

そんな彼女に、私はどんな言葉を伝えたらいいかよく考える。

けれど、なかなか思いつかなくて、先に知英ちゃんが口を開いた。

「ねえレナちゃん。あたしが学校に行かないせいで、レナちゃんが涼葉《すずは》ちゃんに嫌がらせされたりしてない？」

刹那、鼓動が速くなった。……これは絶対にバレちゃいけない。

そうしないと知英《ちえ》ちゃんに余計な心配をさせちゃう。

「そんなことないよ。だって涼葉《すずは》ちゃんって私に全然興味ないから」

「……そっか。良かった」

私が答えると、知英ちゃんは安堵《あんど》してくれる。……嘘《うそ》はバレていないみたい。

すると――。

「……レナちゃんと学校に行きたいなぁ」

不意に知英ちゃんはぽつりと呟《つぶや》くように言った。でも、それはもう諦めているように聞こえて、表情も暗くて……。

なにやってるんだ、私。知英ちゃんを悲しませるためにここまで来たんじゃないでしょ。

なんとしても知英ちゃんを励まさなくちゃ！

私は必死に考えて、言葉を探して――。

「あ、あのね、知英ちゃん！　私が涼葉ちゃんをなんとかするから！」

彼女を元気づけるように、私なりの最大限の大きな声で伝えた。

知英ちゃんが元気になるには、やっぱりこれしかない！

正直、どちらかというと無理して学校に行かなくてもいいよって伝えた方が知英ちゃんのためになるって最初は思っていた。……でも、知英ちゃんがこんな私とでも、また学校に行きたいって思ってくれているなら、私がなんとかしたい！

そのために今度こそ！　絶対に涼葉ちゃんを止めるんだ！

「レナちゃん。何度でも言うけど、あたしはレナちゃんに傷ついて欲しくないんだよ……あたしのせいで傷ついて欲しくない」

知英ちゃんはまた懇願するように言ってくれた。本当に私のことを想《おも》ってくれてるんだなって伝わってくる。……でも、私はゆっくりと首を横に振った。

「知英ちゃんのせいって言うけど、それは違うよ。私も……ううん、私の方がすごく悪いの。だって一年生の時に初めて涼葉ちゃんに命令された時、私がどうしていいかわからなくて黙っていたら、知英ちゃんが代わりに命令を聞いてくれて……それなのに知英ちゃんがずっと嫌がらせをされていても、私は見ていることしかできなくて、知英ちゃんを助けられなくて……だから、今までのことは全部私のせいなの」

私はようやく今までずっと思っていたことを、知英ちゃんに伝えられた。

けれど、それに知英ちゃんは何も言葉を返さず黙ってしまう。

彼女なりに色々と思う部分があるんだろう。……けど、これが私の本当の気持ちだよ。

それにね、まだ知英ちゃんに伝えなくちゃいけないことがあるんだ。

「そ、それとね！　もし私が涼葉ちゃんのことをなんとかできたあとに学校に行けそうだなって思えたら、また一緒に学校に行こう！　それでね、また二人で一緒に楽しい時間を過ごそうよ！」

私は笑って、そう伝えた。覚悟を決めたからか、今は伝えたいことが素直に伝えられた。

すると、知英《ちえ》ちゃんの瞳からは涙が流れて――。

「……ごめんね、本当にごめんね、レナちゃん」

「知英ちゃんが謝る必要なんてないんだよ。全部私のせいだって言ったでしょ。あとは私が全部解決してみせるから、それまで知英ちゃんはゆっくり休んでてよ」

そう言ってから私は知英ちゃんを安心させるように、もう一度笑った。

いつも知英ちゃんが私にしてくれるみたいに。

――けれど。

「違う、違うの……」

知英ちゃんが何度も、何度も首を横に振った。……何か様子がおかしかった。

「そもそも今までのことが何もかも全部、あたしのせいなんだよ」

今までのこと、と聞いて、最初は知英ちゃんが嫌がらせを受けていたこと、だと思ったけど……知英ちゃんの様子からして、どうやらそうじゃなさそう。

「……どういうこと？」

私が訊《たず》ねると、知英ちゃんはなんとか涙を拭って話してくれた。

「一年生の時、まだあたしとレナちゃんの二人で過ごしていた頃に、初めて涼葉《すずは》ちゃんに一緒にお昼ご飯を食べようって誘われた時があったよね」

「……う、うん」

「それで涼葉ちゃんの誘いをあたしが受け入れたの……覚えてる？」

「お、覚えてるけど……」

それがきっかけで涼葉ちゃんといまみたいに一緒に過ごすことになったんだ。

正直、私はあの時一緒にお昼ご飯を食べなかったら、いまみたいになってなかったんじゃないかって思っている。

でも、じゃあ知英ちゃんのせいなのかっていうと、決してそんなことはない。

涼葉ちゃんに誘われた時に、嫌だったら私が直接言えば良かったわけだし、涼葉ちゃんが恐《こわ》くて何一つ言葉が出なかった私の代わりに、知英ちゃんは彼女の提案を受け入れて穏便に済ませてくれたんだ。だから、知英ちゃんが悪いわけじゃない。

「知英ちゃんは悪くないよ。あの時も私は涼葉ちゃんに恐がってばっかりだったけど、知英ちゃんは恐がらずにちゃんと話してくれたんだから」

私は諭すように言うけど、知英ちゃんはまた首を横に振る。

それから彼女は一つの質問を投げかけてきた。

「あの時ね、あたしが何を考えていたかわかる？」

「何を……そ、それは自分で言うのも恥ずかしいけど、私のために涼葉《すずは》ちゃんとの仲が悪くならないように、って……」

「……うん。もちろんそれもそうだけど……実はもっと別の理由もあったんだよ」

知英《ちえ》ちゃんは申し訳なさそうに話す。別の理由……？

疑問に思っていると、知英ちゃんはいつかのように切なげに笑ってみせて――。

「レナちゃんにね、あたし以外の友達を作ってあげたいなって。これはそのチャンスかもしれないって考えていたの」

知英ちゃんの言葉に、私はかなり驚いた。

だって、そんな素振り小さい頃から今まで一回も見せなかったから。

「ほら、あたしって昔から友達作りってすごく苦手だし、涼葉ちゃんもあの頃はまだ今ほど性格が荒れてないというか……たまに優しいところもあったから……」

幼馴染《おさななじみ》だから知英ちゃんが友達を作るのが苦手っていうことはもちろん知ってるし、たしかに最初の涼葉ちゃんはまだマシだったけど……。

でも、どうしてそこまでして私に友達を作らせたかったんだろう……？

この前知英ちゃんから大好きって言われたけど、もしかして本当は私と友達なのが嫌だったのかな……私を遠ざけるために友達を作らせたかったのかな……。

不安に駆られていると、それを察してくれたのか知英ちゃんは理由を説明してくれる。

「あたしってさ、ダークヒーローの話とかしたり必殺技とか考えたり、ちょっと変だからさ……こんなあたしの他にも、レナちゃんにもっと沢山友達ができたらいいなって、小さい頃からずっとそう思っていたんだよ」

知英ちゃんは泣きそうになっているけど、必死に耐えていた。

知らなかった……知英ちゃんが子供の頃からそんな風に思っていたなんて。

けど、私は知英ちゃんだけで充分なのに……他に友達なんていらないのに……。

「でもこの間、保健室でレナちゃんから大好きって言われて、ひょっとしたらあたしは間違えちゃったのかなって。余計なことなんてせずに、今まで通り二人きりでも良かったのかなって……」

知英ちゃんはそう話したあと、限界になってしまい再び綺麗《きれい》な瞳から涙が溢《あふ》れだした。

私が知英ちゃんのことが大好きなんて、そんなの当然だよ。

今までだって何度も——何度も……。

……あれ？

今まで、私は知英ちゃんに大好きだって、伝えたことはあった？

知英ちゃんのことがどれだけ大切か、伝えたことはあった？

——ない。

大好きだと、大切だと思ってはいても、彼女の前で口にしたことは一度もなかった。

必死に思い返しても……本当に一度もなかった。

この瞬間、私はわかってしまった。

——あぁ、これは全部私のせいだって。

知英《ちえ》ちゃんを不安にさせたのも私のせい。そんな知英ちゃんが涼葉《すずは》ちゃんの提案を受け入れて彼女のグループに入ることになったのも私のせい。当然、知英ちゃんが涼葉ちゃんに嫌がらせを受けたのも私のせい。知英ちゃんが不登校になったのも私のせい。

知英ちゃんが嫌がらせを受けて、不登校になったことだけじゃない——最初から最後まで、全部私のせいだ。

「だからね、今までのことは全部あたしのせいなんだよ」

知英ちゃんは泣いて謝るけど……違う。違うんだよ。

私が悪いんだ。私がちゃんと言葉にしなかったから……。

「あたしのせいで、こんなことになっちゃって……本当にごめんね」

そんなに謝らないで……。知英ちゃんは悪くないんだよ。

私のせいで——ううん、いまはこんなことを一人で思っている場合じゃないよね。

もっと知英ちゃんに言葉を伝えないと。そのせいで知英ちゃんが傷ついているんだから。

──伝えなくちゃ！

「そ、それでも私は──」

私はまだ知英ちゃんを助ける気だった。

むしろ、より強く知英ちゃんのことを助けなくちゃいけないと思った。

今まで知英ちゃんを不安にさせてしまった分も含めて、知英ちゃんの力になりたい。

──知英ちゃんを助けたい！　改めて、ちゃんと言葉にしようとしたんだ。もう二度と知英ちゃんを悲しませないように。

……でも、知英ちゃんは涙を流し続けたまま、ひどく震えた声で言った。

「あたしね、転校するんだ」

◇◇◇

あれから知英ちゃんの転校の話を詳しく聞いた。

知英ちゃんの現状を知った彼女の両親から、学校がロクに対応してくれないから転校をしたらどうか、と勧められたらしい。特に知英ちゃんのお父さんが強く希望して、知英ちゃんは家族にこれ以上迷惑をかけないために転校を決めたんだ。

転校の時期は夏休み後の予定で、転校先はこの町から離れたところにある中学校で、転校するに伴って残りの中学生活はその学校から近い祖父母の家で過ごすみたい。

私は頭の中が真っ白になった。

知英《ちえ》ちゃんが転校？　じゃあもう知英ちゃんと一緒に学校に行けないってこと？

それに知英ちゃんのおばあちゃんたちの家って、かなり遠いよね。

じゃあひょっとしたら、休日や放課後に遊んだりもできなくなるってこと？

――嫌だよ、そんなの嫌だ。だって、私は知英ちゃんのことが大好きで、知英ちゃんと一緒に過ごす時間が何よりも楽しくて――。

けれど、知英ちゃんのことを想《おも》ったら、そんなことを言えるはずもなくて……。

結局、転校の話を大人しく聞いたあと私は知英ちゃんの家を出た。出るしかなかった。

転校の話をしてから知英ちゃんが私を見るたびに、どんどん辛《つら》そうになっていくから。

家に帰ると、真っ暗で誰もいなかった。いつもならお母さんがいるけど、買い物に行っているか、もしくはまだお店で働いているのかもしれない。

私は二階に上がって自分の部屋に入ると、着替える気力もなくベッドに横たわった。

すると、知英ちゃんには見せたくないと堪《こら》えていた涙が溢《あふ》れてしまった。

……本当に何をやってるんだろう。中学で知英ちゃんが涼葉《すずは》ちゃんに嫌がらせを受けているのに、私は涼葉ちゃんに対して何も言葉にできず何も伝えられず。

そのせいで知英ちゃんが学校に行けなくなって……。
それだけでも最低な行為なのに……なのに！
小さい頃からずっと一緒にいる知英ちゃんにも、私は何も伝えられていなかった。
どれだけ大好きか、どれだけ大切に想っているか。
何度だって伝えられるタイミングがあったはずなのに。
一番言葉を伝えなくちゃいけない人にすら、伝えられていなかったんだ。
保健室で、知英ちゃんに大好きだって伝えたけど……遅すぎたんだよ。
私って本当に弱くて、しかもバカで……本当に、本当に最低だよ。
「……知英ちゃん、ごめんね」
私は一人で謝った。……だって、もう謝ることしかできないから。
私は泣きながらぐちゃぐちゃの頭の中で、ひたすら謝り続けた。

知英《ちえ》ちゃんのことを守れなくて、ごめんね。　知英ちゃんのことを助けられなくて、ごめんね。　知英ちゃんに謝らせて、ごめんね。　知英ちゃんに迷惑かけてばかりで、ごめんね。　知英ちゃんの気持ちに気づけなくて、ごめんね。　知英ちゃんに何もかも押し付けて、ごめんね。　知英ちゃんを苦しませて、ごめんね。　こんな私が知英ちゃんの友達で、ごめんね。　知英ちゃんから沢山もらったのに何一つ恩返しできなくて、ごめんね。　知英ちゃんのことをもっとちゃんと考えてあげられなくて、ごめんね。　知英ちゃんが酷《ひど》い目に遭っていたのに自分のことばかり考えて、ごめんね。　私のせいで知英ちゃんの中学生活を無《む》茶苦茶《ちゃくちゃ》にして、ごめんね。　知英ちゃんの代わりに私が傷つくことができなくて、ごめんね。　知英ちゃんの一番傍《そば》にいる私がこんなにも弱くて、ごめんね。　こんな私が知英ちゃんの幼馴染《おさななじみ》で、ごめんね。　知英ちゃんに悲しい笑顔をさせて、ごめんね。　知英ちゃんの人生に私なんかいて、ごめんね。　もっと早く知英ちゃんが大好きだって伝えられなくて、ごめんね。　知英ちゃんを泣かせて、ごめんね。もっと早く知英ちゃんが大切だって伝えられなくて、ごめんね。

——本当に、ごめんね。

第二章　自分らしく

小学一年生の頃。私はこの時からもう引っ込み思案で、コミュニケーションを取るのもすごく苦手で、そのせいで学校はもちろん、近所でも友達が一人もいなかった。

でも、お母さんやお父さんには心配をかけたくないから、友達が百人くらいいるって嘘《うそ》をついていた。いまは嘘でも、百人は無理かもしれないけど……そのうち何人かくらい友達ができるよね、ってそう思いながら毎回嘘をついていた。

けれど、その日も近くの公園には行ったものの、いつも通り他の子たちに話しかけられず、遠くから一人でみんなが遊ぶのを眺めていることしかできずにいたんだ。

「このままずっと友達ができないのかな……」

ベンチに座っている私は、楽しそうにしている子供たちの声を聞きながら不安になる。

ずっと独りぼっちって……嫌だな。

「ねえキミ！　ダークヒーローってカッコいいよね！」

不意に背後から声が聞こえた。なんなら肩も叩《たた》かれた。

急にそんなことをされてびっくりしながら振り返ると、手作り感がすごい黒いウサギみたいな仮面と黒いビニールで作ったマントみたいなものを身に着けた子供が立っていた。

——不審者だ!?

そう思った私がすぐに逃げようとしたら、その子供は「待ってよ！」と私の手を掴《つか》んで止めてきた。私よりその子の力が強くて、逃げ出すことに失敗した。最悪だぁ。

「や、やめてぇ……た、食べないでぇ」

「食べる!?　あたしはそんなことしないよ!?」

ウサギさんはちょっと怒りながら、仮面を外した。私が恐《こわ》がっていたから……？

「いやー、さすがに夏に仮面は暑いね～」

全然違った。……けれど、仮面を脱いで現れたのは、お人形さんみたいに可愛《かわい》い顔だった。……女の子だったんだ。

「黒いウサギが、可愛い女の子になった……」

「失礼だなぁ。この仮面はコウモリだよ。超有名なダークヒーローだよ？　知らないの？」

「……し、知らない」

「それはもったいないなぁ。でも、あたしのことを可愛いって言ってくれたから、キミには可愛いウィンクをあげる！」

女の子はパチッ！　とウィンクする。か、可愛い……！

「キミ、名前は？」

「えっ……な、七瀬《ななせ》レナ」

「レナちゃんね！　あたしは胡桃知英《くるみちえ》！　知英って呼んで！」

私が名前を言うと、知英ちゃんはニコニコしながら自分の名前も教えてきた。

……知英ちゃんっていうんだ。というか、よくわからないまま自己紹介しちゃった。

「それでレナちゃんって、ダークヒーローを知らないの？」

「だーくひーろー？　ア、アン◯ンマンとかなら知ってるけど……」

「それはただのヒーローだよ。ダークヒーローっていうのはね、もっとダークな理由で戦うヒーローなんだ！」

知英ちゃんは楽しそうに話すと、これがダークヒーローだ！　って見せつけるようにまた仮面をかぶった。……どうしよう、だーくひーろーが全然わからない。

「じゃあ今から、あたしがダークヒーローについて教えてあげる！」

私が困惑していると、いつの間にか仮面を脱いだ知英ちゃんがノリノリで言ってきた。

そ、そんなにだーくひーろーのことは気にならないんだけど……。

でも、知英ちゃんはこんな私にも話しかけてくれて、笑顔が可愛くて、明るくて、まるでキラキラ輝くお星さまみたいな子で――。

「う、うん。教えて！」

私が頷《うなず》くと、知英《ちえ》ちゃんは嬉《うれ》しそうにまた笑った。

「よーし、じゃあまずはどのダークヒーローのことから話そうかなぁ」

それから知英ちゃんのだーくひーろーの話が始まった。

色んなだーくひーろーの話を沢山してくれて、その時の知英ちゃんは本当に楽しそうで、本当にだーくひーろーのことが好きなんだなって感じた。

同時に好きなものが一つもない私はいいなぁ、って思ったんだ。

でも結局、彼女の話を聞いても、だーくひーろーのことはよくわからなくて……。

二人とも帰る時間を迎えてしまった。

「どう？　ダークヒーローのこと少しはわかった？」

知英ちゃんの質問に、私は何も言葉を返せない。……ど、どうしよう。このままだと知英ちゃんを嫌な気持ちにさせちゃう。そ、それに私は知英ちゃんとすごく友達になりたいって思っているのに……これじゃあ絶対に友達になれないよ。

そんな風に一人で落ち込んでいたら、

「じゃあ……次会ったらまた話してもいい？」

知英ちゃんは、そう訊《き》いてくれた。そんな彼女はどこか不安そうだった。

けど私はその言葉が嬉しすぎて、すぐに頷いたんだ。

「……う、うん！　もう一回聞かせて！」

すると、知英《ちえ》ちゃんは少し驚いたような表情を浮かべたあと、またまた笑ってくれた。

その笑みは喜んでいるように見えて、さらには何かに安心したような、そんな感じにも見えた。それから帰るために二人してベンチから立ち上がると、知英ちゃんからギュッと手を握られた。

「ち、知英ちゃん……？」

急に触れられてびっくりしながら訊《たず》ねると、知英ちゃんはなぜかちょっと緊張しているみたいだった。……どうしたんだろう？

「……あ、あのさレナちゃん、あたしと友達になろうよ！」

不思議に思っていたら、知英ちゃんから予想外の言葉をもらった。

まさかの出来事に、私はこれって本当に起こっていることなのかなって、ほっぺをつねる。……ちゃんと痛い！

「だ、ダメかな……？」

断られるかもと思っているのか、知英ちゃんが不安そうに訊《き》いてきて、私は急いで首をぶんぶんと左右に振った。

「ダメじゃないよ！　私も知英ちゃんと友達になりたい！」

私がたぶん生きてきた中で一番大きな声で答えると、知英ちゃんは嬉《うれ》しそうに「やった！」って言ってくれた。嬉しすぎた私も一緒に「やった！」って言っちゃったよ。

こうして私と知英ちゃんは、友達になった。

それから知英ちゃんとは毎日のように一緒に時間を過ごして、本当にすごく楽しくて、ずっとこのままで良かったんだ。

——ずっとこのままで良かったのに。

◇◇◇

「……夢に決まってるよね」

目が覚めると、私はぽつりと呟《つぶや》いた。こんな最悪な時に、知英ちゃんと出会った頃の夢を見るなんて。……あの頃は本当に楽しかったなぁ……あの頃に戻りたいなぁ。

そんなことを望んだところで、絶対に無理だけど。

だって、私が全部ぶち壊しちゃったんだから。

そんな私は知英ちゃんの転校の話を聞いた日の翌日、学校に行くことを考えると起き上がるのもしんどくなって、学校を休んだ。

涼葉《すずは》ちゃんに命令をされるから、とか正直そんなことはどうでも良かった。

ただこの先ずっと知英ちゃんと一緒に学校に行けないことが、学校で一緒に過ごせないことが、学校から一緒に帰れないことが——ものすごく嫌だった。

そうして、私は休んだ次の日も学校を休んで、その次の日も休んで――。

気が付いたら、不登校になって二週間が経《た》っていた。

リビングに行くと、テーブルの上に朝ご飯が置かれていた。ベーコン、目玉焼き、サラダ、全部ラップがかけられている。きっとお母さんが用意してくれたんだ。

お母さんはもう家にいなくて、お父さんと一緒に自分たちのお店に行ったんだと思う。今日も営業があるから。

お母さんもお父さんも、私が不登校になっても「学校に行きなさい」とか、そういうことは一切言ってこない。それどころか、いつも通りの態度で私と接してくれる。

不登校になった理由も、無理に問い詰めてこない。

そんな両親にありがたいと思いつつも、同時に申し訳なくも思っていた。

……でも、とてもお母さんたちには話せないよ。

私が不登校になった理由をちゃんと説明しようとすると、知英《ちえ》ちゃんが嫌がらせを受けていたことも話さざるを得なくなっちゃうから……。

そんなことしたら知英ちゃんに迷惑をかけちゃう。

これ以上、私は知英ちゃんを傷つけるようなことはしたくないよ……。

私はトースターで食パンを焼いたあと、ラップを外して一人で朝ご飯を食べ始める。

お母さんが作ってくれた朝ご飯はまだほのかに温かくて、すごく美味《おい》しかった。

◇◇◇

さらに一週間が経った。未《いま》だに私は学校には行けてなくて、両親に事情を説明できてもいない……かといって家にいてもやりたいことはないから、以前まではたまにしかやらなかったゲームをしたり漫画を読んだりして時間が過ぎるのを待っている。

けれどお母さんたちはずっと私に怒ったりもしなければ、不登校になった理由を訊《き》いたりもしないでくれていた。気を遣ってくれているんだろうけど……どうしてなんだろう？

理由も話さず学校に行かない私に、もっと怒っていいはずなのに、もっと不登校になった理由を問い詰めてもいいはずなのに。

どうしてお母さんたちは、普段通りに喋《しゃべ》ったり笑ったりしてくれるんだろう。

あまりにも優しすぎるお母さんたちに、私はそんな疑問を抱いていた。

——学校が終わって放課後。私は知英ちゃんと一緒に帰っていた。

……そっか。もう全部解決したんだ。

涼葉《すずは》ちゃんが知英ちゃんに謝って、嫌がらせをしなくなって、私と知英ちゃんの仲も元に戻って、またこうやって一緒に楽しい時間を過ごせるんだ。

『ねえレナちゃん』

『ん？　なに知英《ちえ》ちゃん！』

知英ちゃんに名前を呼ばれるだけで嬉《うれ》しくなって、私は弾んだ声で返事をする。

すると――。

『どうしてあたしを助けてくれなかったの？』

知英ちゃんは泣いていた。


「うわぁ！」

飛び上がるように起き上がった。……またこんな夢か。

最近、私は悪夢を見るようになってしまった。しかも、どの悪夢も全て知英ちゃんが泣いている。きっとこれは私への罰なんだ。知英ちゃんを――大切な人を守れなかった罰。

時刻を見ると、まだ深夜。……ちょっと水でも飲もうかな。

自分の部屋を出ると、両親を起こさないようにそっとリビングへ向かう。

……でもリビングに入ると、なぜかスタンドライトとテレビだけが点《つ》いていた。

消し忘れたのかなって思ったけど、よく見るとソファにお父さんが座っていた。

お父さんも私の存在に気付くと、遅い時間だからか少し驚いていた。

「……ごめん。テレビの音、うるさかった？」

「ううん。ただ眠りが浅くて、起きちゃっただけだよ。あと水を飲もうかなって」

お父さんが心配して訊《き》いてくるけど、私はそう答えた。

テレビの音はかなり小さいから、こんな音じゃどうやったって二階にまで聞こえないのに……お父さんは優しい人だなぁ、と改めて思う。

冷蔵庫からペットボトルの水を出すと、用意していたコップに注いでから飲んだ。

それから私はペットボトルを冷蔵庫に戻して、自分の部屋に戻ろうとする。

その時、暗い中でドアの隣に白のパーカーが飾られているのが目に入った。

絶対に気のせいだけど、そのパーカーは少し光っているように見えた。

なんでもお母さんが学生の時に着ていた大切なものみたい。だから、こうして衣類用の透明なカバーがかけられて大事に飾られている。

正直、このパーカーが私はすごく好きだ。見た目とか色とかもそうなんだけど、なんていうか……このパーカーを着た自分を想像したら、自分のことが少しでも好きになれる気がするような……そんな服だから。

だから着てみたいなってずっと思っているけど、お母さんの大切なものって知っているから絶対に言えない。そんな大切な服、私が着るわけにはいかないから。

「レナ、少し一緒に観《み》ないかい？」

すると不意にお父さんが訊《き》いてきた。お父さんがテレビで観《み》ているのは映画だった。

お父さんは大の映画好きだ。自分の部屋も映画のディスクだらけだし。

あとお父さんは映画が好きすぎるあまり、自分の部屋にテレビを置くとずっと観ちゃうからって、お父さんの部屋にはテレビがない。

だから、たまにこうしてみんなが寝静まった時間にこっそり映画を観ていて、それは私とお母さんは知っている。逆に他の時間とかは家族の時間を大事にしたいからって、ほとんど映画は観ないんだ。お父さんのそういうところはすごく好きだし、尊敬している。

……けど私が映画が好きかというと、正直苦手だ。

知英《ちえ》ちゃんと一緒にダークヒーローの映画をたくさん観てきて、それはすごく楽しかったんだけど……楽しかったのは知英ちゃんと一緒に映画を観ることで、映画自体はそんなに面白いと思えなかった。

ううん、違う。映画のストーリーとかは面白いと思っている……けれど、映画ってほとんどハッピーエンドで終わるから、それに私はどうしてもこう感じてしまうんだ。

――現実はこんなに上手《うま》くはいかないよね。

「レナ……?」

色々と考えていたら、お父さんがまた心配そうにこっちを見ていた。

「えっと、その……一緒に観るよ」

「嫌なら無理しなくていいんだよ。時間も遅いし」

「ううん、嫌じゃないよ。だから一緒に観る」

そう答えてから、お父さんの隣に座った。学校に行かない私に、いつも優しくしてくれているんだ。そんなお父さんの誘いを断るなんてできないよ。

その後、私は少しの間お父さんと一緒に映画を観る。お父さんはテレビから全く目を離さず、映画に夢中になっていた。よっぽど好きなんだなぁ。

映画のジャンルは、こんな時に限ってヒーローものだった。

内容も王道で、氷を操るスーパーヒーローが、極悪非道な科学者と戦うというもの。

きっとこれもスーパーヒーローが科学者を倒して、ハッピーエンドになるんだろう。

……現実はそんな簡単にハッピーエンドにはなれないのに。

そう思っていたら、不意にお父さんが映画を止めた。

「？　お父さん、どうしたの？」

「いや、そろそろ寝ようかなって思って……」

「まだ途中なのに、いいの？」

「うん。それにレナの気分転換にでもなればって思ってたんだけど……ごめんね。やっぱり気を遣わせちゃったみたいだね」

お父さんは申し訳なさそうな声で謝った。それにひどく胸が痛くなる。

どうしてお父さんが謝るんだろう。謝らなくちゃいけないのは私の方なのに。

学校に行かなくて、その理由も説明できなくて……。

それなのにどうしてお父さんたちは――。

「ねえお父さん。訊《き》きたいことがあるんだけど……いいかな？」

訊《たず》ねると、お父さんは少しびっくりした表情を見せたあと「いいよ」と頷《うなず》いてくれる。

「どうしてお父さんとお母さんは、私に学校に行きなさいとか言わないの？　学校に行かなくなった理由を訊かないの？　もっと私に怒らないの？」

不登校になってから、ずっと気になっていたことを全部訊ねた。

だってこんな私にずっと優しくしてくれる理由が、どうしてもわからないから。

でも、お父さんは「そんなの簡単な話だよ」と笑って答えてくれたんだ。

「レナが大切だから。ただそれだけだよ」

「……？　私がお父さんたちの家族だからとか、子供だからとかじゃなくて？」

「うーん。僕はあまりそういう言い方は好きじゃないかな。それだとレナのことをちゃんと見てない気がするから」

お父さんはそう話してくれるけど、私はまだよくわからない。

「もちろんレナは僕たちの家族だし子供だけど、それよりもレナが僕やライカにとって本当に大切な存在だから、僕たちはレナが傷つくようなことはしたくないんだよ」

そう話してから「なかなか上手《うま》く言えてないね」とお父さんは困ったように笑った。

……けれど、ようやく私は少しわかった気がした。

きっとお父さんたちは私のことを、ものすごく大切に想《おも》ってくれてるんだ。

「学校なんて行きたい時にいけばいいよ。そもそも学校になんて行かなくても死にやしないからね」

お父さんは優しい物言いで、私に伝えてくれた。そう言ってくれると正直ほっとしてしまう……けど、ずっとこのままでいいわけはないよね。

「でも、もしレナが学校に行きたいって思う時が来たら、僕もライカも全力で協力するから。その時は遠慮なく言ってね」

私が悩んでいると、察してくれたのかお父さんが続けて伝えてくれた。

「……うん」

私が小さく頷いたら、お父さんはテレビを消したあと「僕はもう寝るね」とリビングから出た。このままじゃよくないってわかってるけど……学校に行きたいって思う時なんて来るのかな。……だって学校に行っても、この先ずっと知英《ちえ》ちゃんはいないのに。

◇◇◇

翌朝。起きた私はリビングに用意してくれていた朝ご飯を食べたあと、今日は自分の部屋でゲームでもしようかな、と思っていた。

しかし、ふとテレビの前のテーブルにあったものが視界に入る。

それは昨日、お父さんが観《み》ていた映画のパッケージだった。中にはディスクが入っており、きっとお父さんが片付け忘れたんだろう。昨晩は、私がお父さんのあとにリビングから出たけど、色々考えごとをしちゃって気づかなかったな……。

部屋に戻るついでに片付けておこう、と思って私はパッケージを手に取った。

二階に上がってお父さんの部屋に入ると、中は相変わらず映画のディスクだらけだった。棚に綺麗《きれい》に置かれていて整理整頓されているけど、思い切り映画オタクって感じの部屋。

おそらく映画監督ごとにまとめられていて、私は手に持っている映画のパッケージと同じ映画監督が集められている箇所を探す。

大量のタイトルがあるものの、監督名が書かれたプレートがパッケージとの合間に挟まっているから探しやすくて、片付ける場所がすぐに見つかった。

私は手に持った映画のパッケージを棚に置く。

——すると、なぜか近くにあった映画のタイトルに目がいった。

それはハリウッド映画で、タイトルは『My Story』。

私の物語って……どんな物語なんだろう。

シンプルだからか、それとも他に理由があったのか自分でもわからないけど、すごく気になったんだ。それから手に取ってみて、パッケージを見ると主人公と思われる女性が、おそらく家族と思われる人たちと一緒に笑っていた。

よくあるようなパッケージなのに……どうせ俳優の人たちの演技だってわかっているのに……なぜかみんな心の底から笑っているように見えて――。

そういえばお父さん、すごく夢中で映画を観ていたなぁ。

映画には、それほど惹《ひ》きつける何かがあるのかな。

私は知英《ちえ》ちゃんと一緒に何回も映画を観てきたけど、まだ夢中になったことはないし、本心から面白いと感じたこともない。

だから自分から進んで映画を観ようとはしてこなかったけど……この映画は初めて自分が観たいと思った。……ちょっと観てみようかな。

そう決断した私は『My Story』のディスクが入ったパッケージを手に持って、テレビがあるリビングへ向かった。


リビングに入ると、早速私は映画のディスクをレコーダーに入れた。

……あっ、始まった。それから私は暫《しばら》く映画を観《み》ていく。

『My Story』の内容はこうだった。

主人公は小説家を目指している二十代前半の女性——ソフィア・ミッチェル。そんなソフィアはなかなか結果が出ず、毎日アルバイトをしながら夢を追う日々を続けていた。

しかし、ソフィアには幼馴染《おさななじみ》でお金持ちの婚約者——マシュー・ヤングがいて、彼と結婚してしまえば安定した裕福な暮らしが待っていた。

ソフィアの家族は彼女が子供の頃から貧乏で、ゆえに家族や親戚たちはまともに仕事をしているならまだしも、叶《かな》えられるかわからない夢を追っているなら結婚をして欲しい。

特に家族の方は、子供の頃に苦労をさせてしまった分、ソフィアには幸せになって欲しいと切に願った。

そういう経緯もあって、マシューに婚約者になって欲しいと言われた時は、迷いながらも家族のためとソフィアは承諾した。

けれど、やっぱり小説家になりたいソフィアはすぐに結婚することはできず、あと一年間だけ夢を追い続けることにしたんだ。

マシューから金銭面の援助を提案されたけど、ソフィアは断った。

誰かに甘えていたら、きっと夢は叶えられないからって。

それから一年が経《た》って——でもやっぱりソフィアは夢を叶えられなかった。

そして、マシューから改めてプロポーズをされた。

場所はクルーズ船の上。夕陽《ゆうひ》が綺麗《きれい》で最高のシチュエーション。

私はまだわからないけど、女性としてはこれ以上ないプロポーズなのかもしれない。

けれど——ソフィアはプロポーズを断った。

「なんで⁉」と私は思わず一人で声を出してしまった。

だって、マシューと結婚したら裕福な生活が手に入るのに。それでソフィアの家族も貧しい生活から抜け出せるかもしれないのに。

どう考えたって、夢を追い続けて苦しい思いをするより、マシューと結婚した方がいいに決まっている。

『でも……それじゃあソフィアの家族が貧しいままになっちゃうよ』

すると、マシューも同じことを思ったのか、少し迷いながらもソフィアに言った。

言葉にしちゃうのは男としてどうなんだと感じたけど、それだけソフィアのことが好きなんだろう。

『でも、あなたと結婚しても私は幸せにはなれないもの』

けれど、ソフィアは躊躇《ためら》いなくきっぱりと言った。そのせいでマシューの顔が大変なことに……。ソフィア・ミッチェル、容赦ない人だ。

『それに私の家族は、本当に私が好きじゃない人と結婚することを望んでいるのかしら？　ひょっとしたら私の思い違いかもしれないけれど、私の家族は叶《かな》うならば私が心の底から好きな人と結婚して、それで幸せになって欲しいと願っていると思うの』

ソフィアの言葉は表面だけ聞いたら自分勝手に思えるけど……冷静に聞いたら間違っていない。

当然、ソフィアの家族だって色々な事情がなかったら、彼女には愛する人と結婚して欲しいと思っているだろう。自分の愛する娘に、そう思わないわけがない。

――とその時、私は今までにないくらい映画にのめり込んでいることに気づく。

原因は完全にソフィア――ううん、正確に言えばソフィアを演じている女優のせいだ。

どうしてこんなにも心が動かされるんだろう？　不思議に思って、私はソフィアだけじゃなくて彼女を演じている女優のことも気になりだした。

『だから私はね、小説家になるって夢を叶えて、それからお金をたくさん稼いで私の力で家族に何不自由なく暮らしてもらうの』

ソフィアはビシッと指をさして、自信満々に言ってみせた。

何年間も苦しい思いをしているはずなのに、それでも私は絶対に夢を叶えられると言わんばかりに。

そして、最後にソフィアは綺麗《きれい》に笑って告げたんだ。

『私はね、私も家族も、どっちも幸せにするのよ』


そんな彼女は眩《まぶ》しいくらいにキラキラしていて、ものすごくカッコよかった。

けれどこれは演技で、言ってしまえば嘘《うそ》で、それなのに――。

私の鼓動は自然と速くなっていた。

それからソフィアはマシューのプロポーズを断ったあと、また何度も頑張って――小説家になるって夢を叶えた！

そうして夢を叶えたあとも、ソフィアはまた頑張って、頑張って、頑張って――小説家として売れて、家族に裕福な暮らしをさせることができたんだ！

そんな最高のハッピーエンドで『My Story』は終わった。

いつもなら、現実はこんなに上手《うま》くいかないのに、って思ってしまう。

……けれど、いまの私は映画が終わったにも拘《かか》わらずドキドキしっぱなしで、さらにはどうしてか涙が溢《あふ》れてしまった。

そんな最中、私はソフィアのこと、ソフィアを演じた女優のことを思い出す。

そうして私はようやくわかったんだ。

ソフィアの姿——あれこそが〝自分らしく〟だったんだね。

よくわからないって思いながらも、ずっと心の中に引っ掛かっていた言葉の正体がやっと理解できた。

つまり〝自分らしく〟っていうのはね——。


自分自身と自分の大切な人たち、その両方を幸せにすること。


これこそが〝自分らしく〟って言葉の意味だったんだよ。

自分だけ、大切な人だけ、じゃダメなんだ。どっちも幸せにしなくちゃいけないんだ。

そうしてやっと『My Story』のように、最高の結末を迎えられるんだ。

だから、ソフィアは〝自分らしく〟いて、彼女と家族を幸せにした。

そして、ソフィアを演じていた女優も〝自分らしく〟いたんだ。

きっと演じることが大好きな彼女は演じることで自身と大切な人たち——映画を観《み》ている全ての人たちを幸せにしようとしていた。

だからこそ映画がそんなに好きじゃない私ですら、彼女の演技にこんなにもドキドキして、涙が溢《あふ》れるほど感動することができたんだ。

〝自分らしく〟いることって、あんなにもキラキラして見えるんだ！

あんなにもカッコいいんだ！

私はすごく興奮したし――憧れた。

私もソフィアやその女優みたいに〝自分らしく〟いたいって。

だって、私は今までちっとも〝自分らしく〟なかったから。

自分が傷つけられたくないからって、他人に合わせてばかりで、大切な人が傷ついているのにただ見ていることしかできなくて――。

結局、私は自分のことばかりを優先していた――言ってしまえば、たとえ僅かな気持ちだったとしても、心のどこかで自分さえ幸せになればと思ってしまっていたんだ。

……だから、途中で私は涼葉《すずは》ちゃんと同じだって気づいて。

けれど、大切な人がいなくなって、さらには『My Story』を観て――もう痛すぎるほどわかった。

たとえこの先、何かの間違いで私の人生が最高のものになって、最高の幸せを手に入れたとしても――。

私は知英《ちえ》ちゃんが幸せじゃないと、ちっとも幸せじゃない！

それくらい私にとって知英ちゃんは本当に大切な人だから。

……じゃあこのまま私が引きこもったままで、知英《ちえ》ちゃんは幸せになれる？

嫌な思い出を引きずったままで、転校させてしまってもいいの？

――いいわけがない！

たとえ知英ちゃんが転校してしまうにしても、嫌な思い出を全て彼女の中から追い出してあげたい。

これから知英ちゃんが、ちゃんと前向きに生きられるようにしてあげたい。

だから私は、私が一番大切な人――知英ちゃんのことを助けるんだ！

何度も何度も決意して、何度も何度も怖気《おじけ》づいたけど、私は今回こそ揺るぎない覚悟を決めた。

もう迷ったり、怯《おび》えたりしない。知英ちゃんを必ず幸せにしたいから。

それにいまみたいに不登校のままでも、仮に学校に行けるようになったとして、また教室で涼葉《すずは》ちゃんの言いなりになっても、きっと私も幸せになれない。

そんな人生、つまらないよね。

ソフィアがしたように、その女優がしたように。

私は、私も知英ちゃんも、両方幸せにしてみせるよ。

そのために、いつかじゃない――。

今から私は〝自分らしく〟生きる。

◇◇◇

その日の晩。私はお母さんとお父さんに今までのことを全て打ち明けた。

知英ちゃんのことを考えると話すかどうか迷ったけど、これから私がすることは確実に両親に迷惑をかけてしまうから、知英ちゃんには申し訳ないけど話すことにしたんだ。

それに私はどうしても大切な知英ちゃんのことを幸せにしたいから。

知英ちゃんが嫌がらせをされていたこと。そのせいで不登校になってしまって、転校をすると決めたこと。そのことがショックで私も不登校になってしまったこと。

他にも先生たちがあまり協力的じゃなかったこととか、細かいことも全てお母さんたちに伝えた。

「……そんなことがあったのね」「ひどいな……」

そうしたら二人とも、悲しそうな表情を見せてから一言だけ言った。

デリケートな問題だからか、どう反応するべきか慎重になっているのかもしれない。

「実はね、知英《ちえ》ちゃんのお母さんから知英ちゃんが学校に行けてないことや転校のことは相談されていて……レナが学校に行けないのもそれが関係してるのかなって思ってたんだけど……レナも知英ちゃんもすごく大変な目に遭っていたんだね」

お母さんの話に、私はそこまで驚かなかった。幼馴染《おさななじみ》の親同士だから、お母さんと知英ちゃんのお母さんが仲がいいのは知ってるし、伝わっていても全然おかしくないよね。

実はそういうことも予想できたから、迷った末お母さんたちに打ち明けようって思えた部分もある。

それからお母さんが話してくれたけど、私が不登校になっていることは知英ちゃんのお母さんには相談とかはしていないみたい。

そりゃ知英ちゃんが不登校になっているのに、相談なんてできないよね。

「よく話してくれたね！　よく今まで耐えたね！　レナは偉いよ！」

不意にお母さんに強く抱きしめられた。こういうスキンシップはいつも恥ずかしいって思ってるけど、いまはとても心が温かくなって、救われた気持ちにもなった。

「本当によく話してくれたね」

一方、お父さんは優しく笑ってくれた。昔から思うけど、お父さんが笑うと安心感がすごいなぁ。……その後、私はこれからしようと考えていることを話すことに決めた。

いまこうしてお母さんたちと話しているのは、知英ちゃんのことや私のことを打ち明けたいからって理由もあったけど、それが一番の目的だから。

「私ね、学校に行こうと思ってるんだ」

私が伝えると、二人は揃《そろ》ってかなり驚いていた。

「……レナ、それはまだ早いんじゃない？」

「そうだよ。そんなに焦らなくていいんだよ。僕たちはレナが学校に行ってなくても迷惑だとか全く思ってないんだから」

すごく心配してくれるお母さんとお父さん。素直に嬉《うれ》しくなってしまう。

……でも、私はもう決めてるから。

「知英ちゃんに苦しい思いをさせた人に、私は言ってやりたいんだよ。もう二度とこんなことしないでって。それでね、たとえ知英ちゃんが転校するとしても、彼女が前向きになれるように送り出したいんだ。もう知英ちゃんを悲しませる人は誰もいないよって」

私がそう話すと、それでもお母さんたちは迷った表情を浮かべている。

前にお父さんが伝えてくれたように、お父さんもお母さんも本当に私のことを大切に想《おも》ってくれているんだと思う。

そんな二人を安心させるためには、この言葉しかないよね。

「私はこれから〝自分らしく〟生きたいんだ」

堂々と言ってみせると、お母さんたちは不意を突かれたように目を見開いていた。

それから、二人とも優しく笑った。

「わかった。レナがそこまで言うなら、やりたいようにやりなさい。私たちもフォローしてあげるから。その代わり、やっぱり無理そうだったらいつでも学校に行くのはやめてもいいし、学校に行っても何か辛《つら》い目に遭ったら私やユクエくんに必ず言ってね」

「レナは少なくとも僕たちが味方にいるって思いながら、レナが自分で決めたやるべきことをやってきて」

お母さんもお父さんも、私のことを気遣いながら応援してくれる。

優しすぎる二人に、私はちょっと泣きそうになっちゃった。

それから私はいつぐらいに学校に行くつもりかを二人に話した。

本当は明日からでも行きたいんだけど……私には考えがあって、そのために色々準備をしなくちゃいけないから。

最後に、私はお母さんたちに何か話し忘れてないか考えて——あっ！

思い出したあと——私は生まれて初めて、心の底からこの言葉を言ったんだ。

「私ね、欲しいものがあるんだ！」

第三章　ダークヒーロー

小学生の頃。知英《ちえ》ちゃんと友達になってから、毎日のように遊んでいて、特にダークヒーローが出てくる映画の鑑賞とダークヒーローごっこが多かった。

その日も私と知英ちゃんは、近くの公園でダークヒーローごっこをしていたんだ。

「アンタは自分で世界一強いと思ってるみたいだが、それは違うぜ。なぜなら世界一強いのはオレ様だからな！」

知英ちゃんはノリノリでセリフを言う。

悪役みたいな言い方だけど、彼女の役はダークヒーローだから一応正義の味方だ。

一方、私の役はみんなにはいい顔をしているけど、実は世界征服を企《たくら》んでいるお医者さんで、このお医者さんはなぜか魔法を使えるみたい。

ストーリー、セリフや設定とかは全部知英ちゃんが考えているから、正直私はちゃんとわかっていないんだ。

ちなみに、同じ公園にいる他の子たちは、サッカーだったり鬼ごっこだったり自分たちの遊びに夢中で、特に私たちのことは気にしていなかった。

たとえ気づいていても「なんかしてるなぁ」くらいに思ってるんじゃないかな。

「がはは、お前みたいな悪ガキが世界一強いなんて……あれ？　なんだっけ？」

私はセリフを言っている途中で、何を言えばいいか忘れちゃった。

そうしたら気にしてくれたのか、知英ちゃんが駆け寄ってきてくれた。

「ごめんね。あたしが書くセリフって、長いしよくわかんないよね」

知英ちゃんはちょっと落ち込んでいる。

うわわ、知英ちゃんにこんな顔して欲しくないよぉ……。

「で、でも！　知英ちゃんとダークヒーローごっこするの、とっても楽しいよ！

「ほんと？　えへへ、それはすごく嬉《うれ》しいな～！」

知英ちゃんはニコッと本当に嬉しそうに笑ってくれた。知英ちゃんが元気になってくれて良かったぁ。あと、いつも笑顔が可愛《かわい》すぎだよ！

それから私たちは少し休憩しようってなって、二人揃《そろ》って近くのベンチに座った。

その間、知英ちゃんは最近の一押しのダークヒーローのことを話してくれて、それがすごく面白かったんだ！

そんな時、ダークヒーローのことを本当に楽しそうに話す知英ちゃんを見ていたら、私はふと疑問が浮かんだ。

「知英ちゃんってさ、どうしてそんなにダークヒーローが好きなの？」

よく考えたら知英ちゃんがダークヒーローが好きな理由を知らなくて、訊《き》いてみた。

「それはね、どんなヒーローよりもカッコいいからだよ！」

知英《ちえ》ちゃんはよくぞ聞いてくれました！　みたいなテンションで答えてくれた。

続けて、彼女はより詳しくダークヒーローが好きな理由を教えてくれる。

「話す言葉も、戦う理由も、必殺技も全部がどんなヒーローよりもカッコいいって、あたしは思ってるんだ！　まさに理想のヒーローだよ！」

知英ちゃんは瞳をキラキラさせていた。改めて、どれだけ知英ちゃんがダークヒーローのことが好きかわかるし……たしかに、ダークヒーローの話す言葉とか必殺技ってカッコいいよね。ワイルドって感じだし。

なんて思っていたら――。


「それでね、そんなダークヒーローはどんなヒーローよりも強いんだよ！」


知英ちゃんは自信満々に言ってみせたんだ。

こんなにも大好きなものがあるのって、いいなぁ。羨ましいなぁ。

「ちなみに知英ちゃんが一番好きなダークヒーローって、誰なの？」

私はなんとなく気になって訊《き》いてみた。ダークヒーローが大好きな知英ちゃんが選ぶ一番のダークヒーローって誰なのかなって。

そうしたら知英ちゃんは、今度はいたずらっぽく笑って——。

「内緒だよ！」

それから私は中学二年生になった今でも、まだ知英ちゃんが一番好きなダークヒーローを知らない。

◇◇◇

お母さんたちに全てを打ち明けて、学校に行くことも話した日から一週間後。

私が事前に決めていた学校に行く日を迎えた。

「じゃあお母さん、お父さん。行ってくるね」

私がそう言うと、まだお母さんたちはちょっと心配そうな顔をしている。

私は気を遣わなくていいよって言ったんだけど、お母さんたちは久しぶりに学校に登校する私のために、自分たちのお店を休みにしてくれていた。

「あんまり無理しないでね。キツかったら遠慮なく帰ってくるのよ」

「そうだね。頑張りすぎちゃダメだよ」

お母さんたちは優しい言葉をかけてくれる。それだけで私は励まされた。

「大丈夫だよ！　お母さんにもらったパーカーもあるし！」

私は自慢するみたいに、自身が着ているパーカーを見せた。

この前、私がお母さんたちに欲しいと言った物の一つは、お母さんのパーカーだ。

正直、お母さんの大切な物って聞いていたから断られたら諦めようと思っていたんだけど、お母さんは嬉《うれ》しがるように「あげるよ！　あげるよ！」って言ってくれた。

お母さんのパーカーが欲しかったのは、このパーカーを着ると勇気が出ると思ったから。

もちろん元々このパーカーが好きでデザインが好みとかもあったけど、自分が心の底から好きなものを身に着けていると、それだけでより〝自分らしく〟あれる気がするんだ。

ちなみに、私が欲しいと言ったもう一つの物は——まだ秘密だよ。

「そうね。私は学生の頃はかなりの問題児だったし、レナにもその血が受け継がれてるはずね！」

「ええ!?　お母さんって学生の頃、問題児だったの!?」

「そうよ〜。どんな悪党も倒すスーパー問題児よ！」

「悪党を倒す問題児って……」

どんな問題児なんだと思ったけど、お母さんらしいとも思った。

そもそも話したりしていても、お母さんっていい意味でめちゃくちゃだしね。

「あとユクエくんも問題児だった頃があるわよ。もちろんいい問題児ね」

「えっ、お父さんも!?」

「ちょっと、それいま言う必要ある!?　っていうかいい問題児ってなに!?」

お父さんは慌てるけど、お母さんが面白がるように笑っていた。

お父さんも問題児だったことあるんだ。意外だなぁ、全然想像つかないや。

「心配ばっかりしちゃったけど……元問題児の私たちの娘なら大丈夫！　もうやりたいことやってきなさい！」

「元問題児っていうのはどうかと思うけど……うん。僕たちの子なら大丈夫だよ。自信を持ってやりたいことをやってきてよ」

二人からエールを送られて、私は「うん！」と頷《うなず》いた。

それから私はドアノブを握る。

正直、さっきまでは恐《こわ》くてちょっと手が震えていた。……けれど、お母さんたちが励ましてくれたおかげで、いまはもう不安とかは一切ない。

それから私は笑って、お母さんたちに告げた。

「じゃあ行ってきます！」

◇◇◇

登校中、学校に着くまでが今までで一番長く感じた。

これからすることにもう不安はないけど、ちょっと緊張しているからかもしれない。

校舎が見えると、そのまま少し歩いて校門を通って昇降口へ。

靴を履き替えて、私は教室へと向かった。

その途中、涼葉《すずは》ちゃんには会わなかった。この時間はもう学校に来てるはずだけど、きっといつも通り教室で絵里《えり》ちゃんたちと自分勝手なお喋《しゃべ》りでもしてるんだと思う。

そして、私が在籍する二年一組の教室の前に着いた。

中からは、クラスメイトたちが楽しそうに談笑している声が聞こえてくる。

「それ超ウケるんだけど！」

刹那、一瞬だけ涼葉ちゃんの声が聞こえた。

他にも沢山の声が聞こえているのに、皮肉なことに聞き分けられてしまった。

それくらい長く涼葉ちゃんと過ごしてきたということなのかもしれない。

……でも今日、言葉が悪いかもしれないけど、私は涼葉ちゃんと喧嘩《けんか》をするよ。

大切な人――知英《ちえ》ちゃんの幸せのためにね。

ふぅ、と深く息を吐いて、少し速くなっている鼓動を落ち着かせる。

――私は教室のドアを開いた。

教室に入っても、クラスメイトたちはお喋りに夢中で私に気づいていない。

涼葉ちゃんの席の方を見ると、やっぱり涼葉ちゃんは教室にいて、ケラケラと笑いながら絵里ちゃんたちと話していた。

まるで自分は何も悪いことなんてしていないかのように過ごしている涼葉ちゃんに……正直ムカついた。そう思いつつ、私は涼葉ちゃんがいるところへ歩いていく。

「あっ、レナじゃん」

すると、これもまた皮肉にも、私に最初に気づいたのは涼葉ちゃんだった。

結構大きな声だったから、クラスメイトたちが一斉にこっちを見る。

それから何人かが「学校来たんだ」「大丈夫か、あいつ」と、コソコソと話していた。

「びっくりした。ぶっちゃけ、もう学校に来ないと思ってたんだけど」

「……そうだね」

バカにするように笑っている涼葉ちゃんに、私はどうしようか迷って一言だけ言葉を返した。久しぶりに会っても、やっぱり涼葉ちゃんのことは恐《こわ》いと思ってしまう。

証拠に、家で収まっていたのに、手がまた震えている。

「ていうか、なんでパーカー着てんの？　ダサくね？」

涼葉ちゃんはお母さんからもらった大切なパーカーをバカにしてくる。

向こうは、こっちの事情なんて知らないけど……それでも平気で誰かの物を悪く言う意味がわからないよ。

「つーかさ、早速だけど肩揉《かたも》んでくんない？」

「ちょっと涼葉《すずは》っち」「涼葉、それはさ……」

久しぶりでも涼葉ちゃんが相変わらず命令してくると、絵里《えり》ちゃんたちが止めようとしてくれる。

「なに？　ウチに文句でもあんの？」

けれど涼葉ちゃんが強い目つきを向けると、絵里ちゃんたちはもう何も言えなかった。

当然だけど、涼葉ちゃんって何も変わってないんだね……。

きっと知英《ちえ》ちゃんにしたことも、未《いま》だに反省なんて一ミリもしていない。

「ほらレナ。肩を揉《も》みなさいよ」

トントンと自身の肩を叩《たた》く。

さっきよりも激しく手が震えてきた……それでも、私は動かなかった。

「なにしてんの？　早くしなさいよ」

涼葉ちゃんは強く言葉にした。

今度は足も激しく震えてきた……それでも、私は動かなかった。

「レナ！　早くしろって言ってんの！」

涼葉ちゃんは怒号を浴びせてきた。

今度は全身が激しく震えてきた……それでも、私は動かなかった。

情けなく身震いしてしまっているけど、死んでも命令には従わない。

だって、私はもう〝自分らしく〟生きるって決めたから。

だから今日こそ私は知英ちゃんを助ける！

そして——知英ちゃんを絶対に幸せにするんだ！

私は今日のために準備してきたことを思い出す。

学校に行くと決めた日から、私は気づいていた。このままの弱い私が、涼葉ちゃんと話したとしても、結局は怯《おび》えてしまって、負けて終わりだって。

じゃあどうすればいいんだろう？

よく考えていると、不意に私は映画の『My Story』を思い出したんだ。

詳しく言うと、映画に出ていた女優のこと。

——そっか。私が弱いなら、強い存在を演じてしまえばいいんだ。

私が知っている最も強い存在、そんなの決まっていた。


ダークヒーローだ。


知英ちゃんが小さい頃からいつも言っていた。

ダークヒーローは強くて、理想的なヒーローだって。

だから私は学校に行くと決めた日から、今日までの一週間。

毎日、ずっとダークヒーローが出る映画を何本も鑑賞し続けた。幸い、お父さんの部屋にダークヒーローが出る映画が大量にあったから、数には困らなかった。

言葉通り、一日中、ほとんど休むことなく映画を観《み》ていた。

ダークヒーローのセリフ、性格、仕草、必殺技。

とにかくダークヒーローの全てを必死で頭に叩《たた》き込んだ。

もちろん一人で自分なりにダークヒーローを演じたりもした。

お母さんたちに演技を見てもらって、ちゃんとできているかも確認した。

ちゃんと準備はしてきた。

あとはこの場で私がダークヒーローを演じればいいだけだ。

そのために今まで観てきた数えきれないほどのダークヒーローのことを思い出す。

「レナ！」

涼葉《すずは》ちゃんが鋭く睨《にら》みつけてくる。

でも、不思議と私はもう震えなかった。

頭の中はダークヒーローのことで一杯になって、そうしたら心も体も少しずつ自分から変わっていくように感じて……。

——私は演技を始めた。

「お前の命令なんて聞くわけねーだろ！　バカ！」

教室の外まで響きそうなくらい大きな声で、私は言い放った。

刹那、コソコソと話していた生徒たちは全員黙って、絵里《えり》ちゃんたちも含めてクラスメイトたちはみんな驚いたようにこっちを見ていた。

さらに、涼葉ちゃんもさすがに予想外の出来事だったのか固まっていた。

正直、演技とはいえここまで大きな声になるとは思わなくて、私もびっくりしている。

でも、私の演技は上手《うま》くいったみたいだね。

「……レナ、いまなんつった？」

涼葉ちゃんが小さい声で言った。

これは私に恐《こわ》がっているとかじゃなくて、逆にこれ以上ないくらい怒っている。

だって、彼女は今にも殴りかかってきそうなくらい殺気立っているし。

……それでも、私はもう物怖《ものお》じしたり震えたりしなかった。

きっと心も体も完全にダークヒーローになっているからだと思う。

「お前の命令なんて聞かねーって言ったんだよ。耳ついてねーのか？」

だから、こんな言葉も躊躇《ためら》いなく言えてしまう。教室がすっかり静かになってしまったおかげで、さっきよりも私の言葉がよく聞こえる。

けれど、涼葉《すずは》ちゃんは何も言い返してこない。

怒りが溜《た》まりすぎてるのかな？　……まあいいや。

「私がなんで肩揉《かたも》みなんてしないといけないのさ？　私って涼葉ちゃんのメイドだっけ？　もしメイドだったらまずお金をもらわないとね」

畳みかけるように、私は続けて言葉を放つ。

演じていると、普段よりも簡単に言葉が出てきた。

「ほら、肩揉みして欲しいなら、金を出せよ」

最後に、私は手の平を相手に向けて、要求する。

もちろん本気じゃないし、そもそも涼葉ちゃんは従わない。

涼葉ちゃんは自分の命令は従わせるけど、他人のお願いは絶対に聞かない、そういう人だから。

すると、涼葉ちゃんは近くに置いていたバッグから何かを取り出して、私に近づいてきて――。

「あんまり調子に乗るなよ」

涼葉ちゃんの言葉と共に、私の髪がびしょ濡《ぬ》れになった。

彼女が持っていたのはペットボトル。

どうやら私は飲み物を頭からかけられたみたい。

しかも、量がすごかったからペットボトルは新品だったんじゃないかな。

おかげで制服の中にも飲み物がきて、体がすごく冷たい。

「さっきの威勢はどうしたの？　何か言ったら？」

涼葉ちゃんは怒気を含んだ声で、私に言ってくる。

他の生徒なら、この涼葉ちゃんの表情を見ただけで、激しい恐怖で動けなくなってしまうだろう。——でも、いまの私は涼葉ちゃんに対して恐怖よりも疑問が湧いていた。

「……ねえ涼葉ちゃん、どうしてそんなに平気で誰かのことを傷つけられるの？」

思わず、いつもの口調で訊《き》いてしまう。けれど、恐《こわ》い気持ちは一切出てこなかった。

感覚的には口調が元に戻っても、心だったり他の部分はダークヒーローのままで、ひょっとしたら自身の深いところまでダークヒーローが溶け込んでいるのかもしれない。

「は？　なに正義ぶってんの？　キモいんだけど」

私の質問を、涼葉ちゃんは一蹴した。

……そっか、もうわかったよ。涼葉ちゃんには何を話しても無駄だって。

彼女は誰かを傷つけても何も感じない——悲しい人なんだ。

それでも一応、最後に私はもう一個だけ彼女に訊《たず》ねることにした。

「知英《ちえ》ちゃんに、謝る気はある？」

「あるわけないじゃん！　そもそもウチは何も悪いことしてないし！」

即答だった。……残念だけど、まあこうなるよね。

私はもうこの話題を話し合う必要はないと思い、パンッ！　と手を叩《たた》いた。

「そういえばさ、さっき涼葉《すずは》ちゃんがしたこと、私がしようとしていることと全く同じだったんだ」

唐突に私が言うと、涼葉ちゃんはよくわかっていないのか少し困惑している。

そんな彼女が理解できるように、私は傍《そば》に置いてる今日のために持ってきた大きめのリュックからある物を取り出した。

「ただし、私はペットボトルじゃないけどね」

ニヤッと笑って、涼葉ちゃんに見せたものは——銃だった。

全身が黒く光っており、両手で抱えられるほどのサイズで、クラスメイトたちはもちろん、さすがの涼葉ちゃんも少し怯《おび》える。

「あー違う違う、これはただの水鉄砲だから」

私が説明して軽く水を出してみると、みんなの緊張が緩む。

いくらなんでも本物の銃を学校に持ってこないし、そもそも手に入れられないよ。

ちなみに、この水鉄砲こそがお母さんのパーカーの他に、私が欲しがった物だ。

私はダークヒーローの映画をずっと観《み》ていたから、お父さんにネットショップで買ってもらった。

　じゃあなんで水鉄砲かというと——。

「はっ！　そんなおもちゃなんか出してどうするつもりよ？」

「そんなの決まってるじゃん。こうするんだよ！」

　私は思い切り、水鉄砲の引き金を引いた。

　直後、バシャァァァ！　と涼葉ちゃんの顔面に大量の水が命中して、おかげで彼女の髪はびしょびしょだ。

「これ全力で撃つと、こんなに水が出るんだよねぇ。びっくりした？」

　私はまた笑いながら、涼葉ちゃんに訊《き》いてみる。

　知英《ちえ》ちゃんが嫌がらせをされていた時、飲み物をかけられることは何度もあった。

　だから、もし今日最初に涼葉ちゃんと話してみて、知英ちゃんに謝る気がないなら、水鉄砲で仕返ししてやろうと決めていたんだ。

　水をかけるだけならペットボトルでいいところを、水鉄砲にしたのは『バレット・ヒーロー』って映画を参考にしたから。

　そう。『バレット・ヒーロー』は知英ちゃんと一緒に観ようって約束していた映画だ。

　すごくカッコよくて、素敵なダークヒーローだった。

「おい！　テメェ、ふざけん——」

　涼葉ちゃんは怒りが頂点に達したのか、今日で一番口が悪くなっていたけど、私は容赦なく二射目を浴びせた。もちろん顔面に。

それからまた涼葉《すずは》ちゃんが喋《しゃべ》ろうとしたから、三発目も顔面に撃った。

……あれ？　もう水鉄砲の水がなくなっちゃった。まあ一発であれだけの量が出てたら、そりゃなくなっちゃうか。

「……ゲホッ、ゲホッ」

少し水を飲み込んでしまったのか、涼葉ちゃんが膝をついてむせている。

……でも可哀《かわい》そうなんて気持ちは、一切抱かなかった。

「これ、涼葉ちゃんが知英《ちえ》ちゃんにやってきたことだよ」

「ふざけんなよ！　ウチはここまでやってない！」

見下ろしながら私が指摘すると、涼葉ちゃんは本気で言い返してきた。

……彼女は何を言っているの！

「やったよ！　むしろこれ以上のことをやってたよ！　それがわからないなんて涼葉ちゃんはどうしようもなく他の人の気持ちがわからないんだね！」

「他の人の気持ち？　そんなのどうせみんなわかんないでしょ！　ウチだけ悪いみたいに言うな！」

「……わかった。涼葉ちゃんのために言い方を変えてあげる。涼葉ちゃんは他の人の気持ちを考えようとしないんだよ。考えてわかんないのと、そもそも考えようとしないのじゃ、全然違うんだ！」

そう訴えても、涼葉ちゃんは納得がいってないみたいで、私を睨《にら》みつけてくる。

……もういいや。どうせ彼女に何を言っても無駄なんだから。

それよりも、私はもっとやらなくちゃいけないことがある。

「涼葉ちゃん、エアガンって知ってる？」

私が訊《たず》ねても、涼葉ちゃんはこっちを睨んだまま。これじゃあ知ってるんだか、知らないんだかわかんないなぁ……まあ説明しちゃえばいっか。

「エアガンってね、弾がプラスチック製でこれも一応おもちゃの銃なんだけど、その中にはものすごく強い威力のものがあって、ガラスコップを余裕で割っちゃう銃もあるんだ」

説明しながら、私はリュックの中からまた銃を取り出した。

でも、さっきとは違って、小さくて拳銃のような形をしている。

それを私は未《いま》だに膝をついている涼葉ちゃんに突きつけた。

「そんな威力の強いエアガンを、涼葉ちゃんに向けて撃ったらどうなるんだろうね？」

「どうなるって、どうせそんな危ない銃なんて撃てないくせに」

涼葉ちゃんはバカにするように笑いながら言うけれど、

「なに言ってるの？　撃てるに決まってるじゃん」

私は涼葉ちゃんの目をしっかりと見て、断言した。

直後、涼葉《すずは》ちゃんの体がこわばった。

ずっと睨《にら》んでいた瞳も、怯《おび》えているように見える。

初めてかもしれない、涼葉ちゃんがこうして何かに恐怖を示すのは。

そんな彼女を見て——私は反吐《へど》が出そうな気分だった。

どんなに嫌な人でも、自分に怯えたりする姿を見るのは気分が悪い。

……でも、こうしてでも私にはやるべきことがあるんだ。

「直接会うでも、動画でもいい。知英《ちえ》ちゃんに謝るって約束して」

私が言うと、まだ恐《こわ》がっている涼葉ちゃんは銃口からこっちに目を向ける。

でも涼葉ちゃんは困惑している様子で……エアガンを気にしすぎていたのか、私の言葉をちゃんと聞いていなかったみたいだ。

「直接会うでも、動画でも。知英ちゃんに謝るって約束してくれたら、撃たないであげる。けど、約束できないなら撃つから」

もう一度、今度は詳しく伝えると、涼葉ちゃんは私と銃口を交互に見て——少しだけ手を動かした。

その瞬間、私は銃口を涼葉ちゃんの額に押し付ける。

「言っとくけど、動いても撃つよ」

「ひっ……」

涼葉ちゃんは情けない声を出したあと、ピクリとも動かなくなった。

きっと撃たれる前に、私の銃を取ろうとでも思ったんだろう。

ここで不意に気づいたことがある。

涼葉ちゃんって、普段はあんなに自分勝手なことばっかり言うのに、恐がったりしたら一言も喋《しゃべ》れなくなるんだね。……まあどうでもいいけど。

「知英ちゃんに謝るって約束して」

けれど、知英ちゃんに謝ってもらわなくちゃ困るから、私はもう一度伝えた。

……でも、涼葉ちゃんは唇を噛《か》んでいるだけで、謝らない。

さっき女子生徒の一人が、これ以上はまずいと思ったのか、こっそり教室から出て行ったのが見えたんだよね。

たぶん先生を呼びに行ったんだと思う。

だから先生が来る前に、涼葉ちゃんに約束させなくちゃいけない。

「知英ちゃんに謝るって、約束しろ！」

私が叫ぶが、それでも涼葉ちゃんは約束しようとしない。

そんな彼女に、私はため息をついた。

「……面倒だなぁ。じゃあこのまま黙ったままでも、あと五秒以内に撃つから」

「は？　な、なに言ってんー―」

「五秒以内に撃つから。嫌なら知英《ちえ》ちゃんに謝るって約束しろ」

私はさらに強く銃口を涼葉《すずは》ちゃんの額に押し付けた。

ちょっと痛いかもしれないけど、知英ちゃんが味わってきた痛みに比べたら微々たるものだ。

「もうカウントするから」

すぐに私はカウントを始めた。先生が来るからっていうのもあるけど、そろそろこうやって誰かを恐《こわ》がらせているのが限界になってきた。

最初から変わらずずっと最悪の気分で、正直早く終わらせたい。

――5、4、
カウントを始めた直後。涼葉ちゃんは困惑しながら口をあわあわするだけで、約束はしなかった。

――3、2、
あと三秒を切った。まだ涼葉ちゃんは約束をしなくて、銃口と私を交互に見ながら、ひどく怯《おび》えている表情を見せるだけ。

——1。

あと一秒もない。けれど涼葉ちゃんは恐怖に耐えきれず、体が震えて、泣きそうにもなっているのに、どうしても謝ろうとしなくて……。

「はい、ゼーロ」

「っ!? ま、待って——」

涼葉ちゃんが懇願するように言ってきたけど、構わず引き金を引いた。

「バァン!!」

刹那、激しい銃声が聞こえ——てはいない。

ただ私が口で言っただけだ。

一方、銃口からは、かなり弱い威力の水が出ただけだった。

「……え?」

涼葉ちゃんはキョトンとしている。しょうがないから、訳がわからなくなっている涼葉ちゃんに、ネタバラシしてあげようかな。

「びっくりした? 実はこれも水鉄砲でした~!」

私はお茶目《ちゃめ》にペロッと舌を出して、涼葉ちゃんに伝えた。

でも彼女は固まったままで、暫《しばら》くするとようやく理解したのか、安心したようにだらんと体から力が抜けた。

……結局、涼葉《すずは》ちゃんは知英《ちえ》ちゃんに謝らないんだね。

それは残念だけど謝らないんだったら、そうなった場合のやり方は考えてきた。

私は呆然《ぼうぜん》としている涼葉ちゃんの耳元まで寄って、

「謝れねーなら、二度と誰かを傷つけたりすんな」

映画で観《み》た一番恐《こわ》いダークヒーローの演技をしながら、伝えた。

涼葉ちゃんはビクッと体を震わせる。

これだけ恐がらせたら、絶対とはいかなくても、当分の間は誰かに嫌がらせをしたりしないだろう。

けど、まだ最後に涼葉ちゃんに伝えなくちゃいけない、一番大切なことがある。

「あと二度と知英ちゃんにも近づかないでね！」

私は全力の笑顔で、お茶目《ちゃめ》に言ってみせる。

これも一番恐いダークヒーローがやっていて、観ていただけの私もすごく恐かったから、かなり効果的なはずだ。

「……ひぐっ……ひぐっ」

そんなことを思っていたら、驚くことに涼葉ちゃんが泣き出してしまった。

……涼葉ちゃんが泣いたのなんて、初めて見た。

そう思いつつも、同時に自分は他人に酷《ひど》いことをするくせに、自分が酷いことをされたら簡単に泣くのか……と呆《あき》れた。

でもこの様子なら、涼葉ちゃんがもしどこかで知英ちゃんに会っても、何かしたりはしないと思う。

知英ちゃんは転校しちゃうから、二人が会う確率なんてほとんどないと思うけど……涼葉ちゃんが謝らないなら、知英ちゃんが前向きに生きられるようにするために、これくらいしなくちゃダメだ。

「本当に悲しい人だね」

最後に私が告げても、涼葉ちゃんは子供みたいに泣いたままだった。

これで知英ちゃんの人生を邪魔する敵はいなくなった。

……良かった。

◇◇◇

それから先ほど教室を出て行った女子生徒と一緒に佐藤《さとう》先生がやってきた。

――私は一週間の自宅謹慎処分になった。

涼葉《すずは》ちゃんに暴力行為をしたとして自宅謹慎になってから、まず私は両親にごめんって謝った。でも、お母さんもお父さんも笑って許してくれたんだ。

お母さんなんて「私だったら十回は水鉄砲を当ててたよ」って言ってくれたんだ。

ちなみに本当は二週間くらいの自宅謹慎になるはずだったけど、涼葉ちゃんも私に危害を加えたから、一週間に縮まった。

涼葉ちゃんも私よりも先に飲み物をかけたりしたから自宅謹慎になったらしいけど、おもちゃとはいえ銃を突きつけたりしていないからか謹慎は三日間だけ。

とはいっても、普段はどんなことも大ごとにならないようにしている先生たちも、今回ばかりは処分を下さないわけにはいかなかったみたい。

あと自宅謹慎になった翌日に担任の佐藤《さとう》先生が自宅まで面談に来たけど、今まで色んなことを散々いい加減に対応してきた彼が私に説教してくると、佐藤先生にお母さんたちは涼葉ちゃんが知英《ちえ》ちゃんや私に嫌がらせをしていたことを強く訴えてくれた。

そんな二人に佐藤先生は呆《あき》れた感じだったけど……私は本当にお母さんとお父さんの子供で良かったな、って思った。

面談があった翌日。学校側から反省文を書くように言われていたけど……そんなものは後回しでいい。

それよりも先にやらなくちゃいけないことがあるんだ。

――私は知英ちゃんの家へ向かった。


「知英ちゃん、いるかな？」

知英ちゃんの部屋の前。私は二回ノックをしたあと訊《たず》ねた。

もちろん知英ちゃんのお母さんには、彼女に会うことの許可は取っている。

「レナちゃん……！」

知英ちゃんは少しびっくりした様子だったけど、ドアを開けてくれた。

彼女は以前会った時と変わらず、……ううん、前よりももっと髪がボサボサで、やつれた顔をしていた。未《いま》だに外にも出られていないのかもしれない。

転校すると決めていても、涼葉ちゃんにされたことはそう簡単には消えないんだ。

「ど、どうしてレナちゃんが、あたしの家にいるの？」

知英ちゃんは戸惑いながらも訊ねる。

「あのね、知英ちゃんともう一度だけ話がしたいんだ。いいかな？」

「えっ……うん、わかった」

私の言葉に、知英ちゃんは迷った表情を浮かべたけど……頷《うなず》いてくれた。

私と知英ちゃんは、彼女の部屋の中へ。

私はどう話を始めようか悩んだものの、単刀直入に話を切り出すことにした。

「あのね、涼葉《すずは》ちゃんのことなんだけど……もう大丈夫だよ」

「……大丈夫って？」

知英《ちえ》ちゃんは言葉の意味がわからず訊《たず》ねてくる。

私は知英ちゃんにはっきりと聞こえるように、答えた。

「涼葉ちゃんは、もう絶対に知英ちゃんに嫌がらせとかしないから」

それに知英ちゃんは驚いたように、目を見開いた。

「……ほ、本当？」

「うん。本当だよ」

信じられないような表情で訊ねてくる知英ちゃんに、私は笑顔を返したんだ。

それから私は涼葉ちゃんと喧嘩《けんか》した時のことを、彼女と対等になるためにダークヒーローを演じたことだったり、水鉄砲を使ったことだったり、細かいことも含めて全て話した。

「だから、これからは安心して外に出たりしていいし、転校先でも安心して学校に行って大丈夫だよ」

話の最後に、私は知英ちゃんに安堵《あんど》してもらえるように伝える。

――知英ちゃんの綺麗《きれい》な瞳から、ぽたりと雫《しずく》が零《こぼ》れた。

「あっ、ご、ごめん……な、泣いちゃって」

「ううん、それだけ辛《つら》かったんだよね。苦しかったんだよね。……それなのに今まで何もできなくて、私の方こそ本当にごめんね」

私がそう話すと、涙が溢《あふ》れてきて喋《しゃべ》れなくなった知英ちゃんは、それでも首を左右に振ってくれた。……やっぱり知英ちゃんは優しいなぁ。

知英ちゃんは暫《しばら》くの間、涙を流し続けた。きっと相当安心したんだろう。

それだけ知英ちゃんの苦しみは深かったんだ。

私はやっぱりこれまで何もできなかったことに申し訳なく思いつつ、彼女が落ち着くまでずっと待った。

そして泣き続けて、泣き続けて——ようやく涙が止まると、知英ちゃんは笑ってみせた。すごく知英ちゃんらしい、と思った。

「知英ちゃん、もし私が話したことが信じられなかったら……って思ったけど、よく考えたら信じてもらう以外に方法がないかな」

実際には、最後に涼葉ちゃんが泣いていた時に、動画を撮ったり写真を撮ったりすることもできたけど……そこまでやってしまうと涼葉ちゃんが知英ちゃんにやっていたことと同じになってしまう気がするから、やらなかった。

だから、知英ちゃんには私の話を信じてもらうしかないんだけど……。

「あたしがレナちゃんの言葉を信じないわけないよ。何年、レナちゃんと友達をやってると思ってるの？」

「それもそうだね」

知英《ちえ》ちゃんがまた可愛《かわい》く笑うと、私も笑っちゃった。

ようやくいつもの私たちに戻れた気がして……すごく嬉《うれ》しい。

その後、私と知英ちゃんは、知英ちゃんが大好きなダークヒーローの話をした。

学校に行けなかった時は、ダークヒーロー系のハリウッド映画を沢山観《み》ていたから、知英ちゃんが話題に出すダークヒーローの中には私が知っているヒーローもいて、ただ楽しく知英ちゃんの話を聞いていた頃より、さらに話が盛り上がった気がする。

涼葉《すずは》ちゃんとのことを話した際に、知英ちゃんにはダークヒーローを演じるためにハリウッド映画をかなり観たことは伝えていたから、特に不思議に思われることはなかった。

もちろんその話をした時、知英ちゃんが責任を感じてしまうといけないから私が不登校になったことは伏せて話したけどね。

そうして知英ちゃんと二人で過ごす時間は——最高に楽しかったんだ。

「知英ちゃん。最後に伝えたいことがあるんだけど……いいかな？」

暫《しばら》く話し込んじゃって、窓から差し込む光が茜色《あかねいろ》になった頃。

きっとお母さんが晩ご飯を作ってくれているから、そろそろ帰らなくちゃいけなくて、私は知英ちゃんに訊《たず》ねた。

「伝えたいことって……なに？」

知英ちゃんはキョトンとした様子で訊ねてくる。

今まで私は自分が傷つかないように、周りのことばかり気にして、言いたいことなんて言えずに生きてきた。

大切な人にさえ、大事なことは何一つ伝えられていなかった。

だから〝自分らしく〟生きると決めた時、心に誓ったんだ！

これからはちゃんと伝えようって！


「知英ちゃん。私と友達になってくれて、ありがとう！」


私が伝えると、知英ちゃんは突然の言葉に驚いていた。

でも、私は続けて伝えることにした。

知英ちゃんには伝えたいことが沢山あるから。


——今まで私のことを守ってくれて、ありがとう。

——私にダークヒーローのことを沢山話してくれて、ありがとう。

――一緒にダークヒーローの映画を観《み》させてくれて、ありがとう。

――私にオリジナルの必殺技を教えてくれて、ありがとう。

――小学生の時、一緒にダークヒーローごっこをさせてくれて、ありがとう。

――いつも一緒に学校に行ってくれて、ありがとう。

――いつも一緒に学校から帰ってくれて、ありがとう。

――いつも優しくしてくれて、ありがとう。

――いつも私を笑わせてくれて、ありがとう。

――いつも楽しい時間を一緒に過ごさせてくれて、ありがとう。

――私が悲しくなったら必ず励ましてくれて、ありがとう。

――私が喜んだら一緒に喜んでくれて、ありがとう。

――私のことを大好きって言ってくれて、ありがとう。


それからも私は沢山のありがとうを伝え続けた。

それがどんな些細《ささい》なことでも、私は伝え続けたんだ。

もう二度と後悔なんてしたくないから。


「……ひっ……ひぐっ」

そうしたら知英《ちえ》ちゃんがまた泣き出してしまった。

えっ……ど、どうしたんだろう？

「も、もしかして私にありがとうって言われるの、嫌だった？」

「……違うよぉ。だってレナちゃんが嬉《うれ》しいことばっかり言うからぁ」

慌てて訊《たず》ねると、知英ちゃんは首を横に振った。

び、びっくりしたぁ。そういうことだったんだね。

「で、でも……あたしの方がレナちゃんに感謝してるよぉ」

「そんなことないよ。私の方が知英ちゃんに感謝してるよ！」

すると、知英《ちえ》ちゃんがまだ泣いたままなのに「あたしの方が！」「私の方が！」と二人で張り合ってしまって、なんだか面白くなっちゃって、二人して笑い合った。

「あのね、私は本当に知英ちゃんのことが大好きだよ」

伝えると、不意に言われたからか知英ちゃんは少し顔を赤くした。

そんな彼女が愛《いと》おしく感じてしまって、私は知英ちゃんを優しく抱きしめた。

こんなこと今までだったら絶対にしなかったのに……これも〝自分らしく〟生きようって決めたからかな。

「転校しても私はずっと知英ちゃんのことが大好きだし、ずっと大切に想《おも》っているよ。だからね、あっちの学校に行っても頑張ってね。私はすごく応援してる」

抱きしめたまま、知英ちゃんに伝える。知英ちゃんは抱きしめられているせいか、ちょっと恥ずかしそうに小さく頷《うなず》いてくれた。

「あと……こんな私だけど、たまには知英ちゃんと一緒に遊んでもいいかな？」

少し緊張しながらも、訊《たず》ねた。だって私は今まで知英ちゃんに迷惑ばかりかけてきて、そのせいで知英ちゃんは転校してしまうのに……それでも一緒に遊ぼうなんて図々《ずうずう》しいと思われても、しょうがないよね。

「一緒に遊ぶに決まってるよ！　だってあたしもレナちゃんのことが大好きなんだから！」

けれど、知英ちゃんは躊躇《ためら》いなく言ってくれて。しかも、私のことを大好きってまた言ってくれたんだ。

「……嬉《うれ》しいなぁ」

噛《か》みしめるように言葉にして、私も泣いてしまった。

知英ちゃんはそんな私に気づくと、なぜか彼女も止まりかけていた涙がまた溢《あふ》れてしまって——私たちは少しの間、二人揃《そろ》って泣いた。

でも大切な人と一緒に流す涙は決して悪いものではなくて、どこか心地よかったんだ。

二人でひとしきり泣いたあと、私は知英ちゃんの家を出た。

別れ際、知英ちゃんは私に「またね」って言ってくれた。

違う学校になっても、以前より少ない時間でも、また知英ちゃんと一緒にいられるんだって思ったら、すごく嬉しくなっちゃった。

もちろん、私も知英ちゃんに「またね」って返したよ。

あとね、その時——二人とも笑顔だったんだ！

◇◇◇

知英ちゃんの家に行ってから、数日後。ようやく自宅謹慎期間が終わった。

一応、学校側に言われていた反省文は書いたけど、正直適当にやった。

でも、文章自体は反省してるっぽくは見えるから先生から怒られたりはしないと思う。

「ようやく学校に行けるよ！」

玄関で私がそう言うと、またお店を休みにしてくれたお母さんたちがいて、自宅謹慎明けで初めての登校だからか、二人ともさすがにまだ心配してそうだった。

「今日も私があげたパーカーを着て頑張ってきなさい！」

「でも無理はしないようにね」

お母さんは心配そうにしてくれながらもサムズアップして励ましてくれて、お父さんはやっぱり不安なのか気遣ってくれた。

ちなみに、いまお母さんが言った通り、私はお母さんからもらったパーカーを着ていた。もらった日以来、着られる日は絶対にこのパーカーを着ている。

でもこのままだと一着じゃ足りないなぁ……と思っていたんだけど、運がいいことにこのパーカーを作っていたメーカーが期間限定で、全く同じパーカーを復刻販売していて、私はお父さんにお願いして追加で何着か買ってもらった。

数日後には、自宅に届く予定だ。

「じゃあ行ってくるね！」

これ以上は心配かけないように笑って言うと、お母さんたちも最後は笑って送り出してくれた。

この先、学校に行っても知英《ちえ》ちゃんはいない。
もちろん学校に行くときも、帰るときも、知英ちゃんは一緒にいない。
……でも、私は大丈夫。
たとえ知英ちゃんが一緒にいなくても、隣に誰もいなかったとしても。
私は〝自分らしく〟生きていくって決めたから。
もう何も恐《こわ》くないし、もう絶対に大切な人を傷つけさせたりしない。
そうしないと、きっと知英ちゃんに心配させちゃうからね。
そう思いながら、ドアを開けて外に出ると――。
家の前に、学生服を着た女子生徒がいたんだ。
しかも、その制服は私が通っている中学校と全く一緒だった。
まだ背中しか見えていないのに、私はこの子をよく知っている。
だって、彼女は――。

私の一番大切な人だから！

「……知英ちゃん？」
それでも信じられなくて、私が名前を呼ぶと、彼女はくるりとこっちに振り返った。

「レナちゃん、おはよう！」

いつもみたいに笑って、挨拶をしてくれた。

お人形さんみたいに可愛《かわい》い子。紛《まぎ》れもなく知英《ちえ》ちゃんだ！

……でも。

「ど、どど、どうして知英ちゃんがいるの？　そ、それに制服も着てるし……」

動揺しまくりながら質問をすると、知英ちゃんはクスっと笑った。

それから知英ちゃんは答えてくれたんだ。

「あたしね、転校するのやめたんだ！」

「えぇ!?」

朝なのに、私は思わず大きな声を出してしまった。

転校をやめたって……。

「そ、それ本当なの？」

「うん！　まだギリギリ手続きとかしてなかったから、パパたちにやっぱり転校をやめたいってお願いしたんだ。だから、パパたちにはすごく迷惑をかけちゃったけど……」

知英ちゃんは申し訳なさそうにしながら話す。

けれど知英ちゃんのお父さんたちには悪いけど、彼女の話の後半は聞いていなくて、私の頭の中は知英ちゃんが転校しないってことでいっぱいだった。

「じゃあ、また知英ちゃんと一緒に学校に通えるってこと？」

「そうだよ！　だから今日は一緒に学校に行こう！」

知英ちゃんは眩《まぶ》しいくらいに笑って、そう言ってくれた。

もう二度と知英ちゃんとは一緒の学校に通えないと思ってた。

私は知英ちゃん以外に本当の友達がいないし、自分の力で友達を作ったことも一度もなかったから、学校に行ってもずっと独りぼっちになるんだって思ってた。

それでもいいと思っていたし、それでも〝自分らしく〟生きるんだって思っていた。

……でも、そっか。私はまた知英ちゃんと一緒に学校に通えるんだね。

「う、嬉《うれ》しいよぉ……」

自然と少し涙が出てしまうと、知英ちゃんは頭を撫《な》でてくれた。

そんな知英ちゃんもちょっと泣いていた。

「なんかあたしたち、最近泣いてばっかりだね」

「嬉し涙だからいいんだよ……！」

朝から二人して少し泣いたあと、私たちは学校に向かって歩き出した。

途中、ふと私は疑問が浮かんだ。

「そういえば、家の前にいたのって今日が初めて？」

昨日まで自宅謹慎だったから、ひょっとしたら昨日とか一昨日《おととい》とかから、今日みたいに朝に私の家の前で待っていたのでは、と心配になった。

知英《ちえ》ちゃんには自宅謹慎になったことは明かしていなかったから。

「その、実は昨日の朝も待ってたんだけど、レナちゃんがなかなか出てこなくて……そうしたらレナちゃんのお母さんが先に出てきて、レナちゃんは自宅謹慎中だって聞いちゃって……」

知英ちゃんの声音が暗くなる。知英ちゃんはきっと自分のせいで、とか思っちゃってるのだろう。こうならないために私は知英ちゃんに明かさなかったんだけど、知られちゃったものはしょうがないよね。

それに私が不登校になったことは知られていないみたいだから、いっか。

もちろん今後も不登校になったことを自分から明かすことはない。

……で、たったいま私がやるべきは、ちゃんと言葉で伝えることだ。

「自宅謹慎は知英ちゃんのせいじゃないからね。私が涼葉《すずは》ちゃんにビシッと言いたくて言っただけだから。そうしたら涼葉ちゃんがビショビショになってたけど」

私が話すと、知英ちゃんは目をパチクリさせたあと、クスっと笑った。

「それはレナちゃんが水鉄砲を使ったからでしょ？」

「その通り！」

私も笑って言葉を返すと、少し元気になった知英ちゃんの手を握る。

唐突だったからか、知英ちゃんは少しびっくりしていた。

「そういえばレナちゃん、そのパーカー、今日も着てるんだね」

知英ちゃんは、私が着ているパーカーを見て訊《き》いてきた。

実はこの前、知英ちゃんの家に行った時も着ていたんだ。

「お母さんからもらったんだ！　可愛《かわい》い？」

「うん！　すごく可愛いよ！」

知英ちゃんに褒められて、私はとっても嬉《うれ》しくなっちゃう。

そんな風に浮かれていたら、知英ちゃんの手が少し震えているのが見えた。

「大丈夫だと思うけど、もし学校で何かあっても今度は私が知英ちゃんを守るからね」

すぐに私が伝えると、知英ちゃんはちょっと安心したような表情を浮かべる。

あんなに酷《ひど》い目に遭ったんだ。やっぱり不安はあるよね。

でも、いま私が言った通り、今日からずっと知英ちゃんのことは私が守るんだ。

今まで知英ちゃんには、散々守られてきたからね。

「レナちゃん、生意気だよ。あたしもレナちゃんのことを守るから」

そう思っていたけど、知英ちゃんは笑って言ってくれた。

涼葉ちゃんに歯向かったから、ひょっとしたら私に報復が来るかもしれないと心配してくれているのかもしれない。

大丈夫だよ、と言葉を返そうとしたけど、やめた。

どうせそう返したとしても、知英《ちえ》ちゃんのことだから、それでも守るって言うだろうし。

……でもね知英ちゃん、私は本当に大丈夫なんだ。

〝自分らしく〟生きると決めた私は、もう誰にも怯《おび》えたりしないし、誰のことも傷つけさせないから。

それから私たちは手を繋《つな》いだまま、一緒に学校へ歩いていった。

◇◇◇

学校に到着して、教室の前まで着いた。

知英ちゃんは「ふぅ」と大きく深呼吸する。

この時間は、もう教室の中には涼葉《すずは》ちゃんがいるだろう。

だから、ずっと握っている知英ちゃんの手は少し震えていた。

「大丈夫だよ」

私が声を掛けると、知英ちゃんはこっちを向いて笑って頷《うなず》いた。

けれど、その笑みはちょっと無理をしているように感じて……。

実際に涼葉ちゃんが知英ちゃんに危害を加えないってことがわからないと、この不安はずっと拭えないと思う。

「一緒に入ろっか」

私はそう言って、知英ちゃんに少しでも安心してもらいたくて彼女の手をちょっと強く握った。

そうしたら知英ちゃんもギュッて握り返してくれて、覚悟が決まったみたい。

二人で目を合わせて小さく頷いて、私たちは一緒に教室の中へ入った。

すると最初は、クラスメイトたちは談笑に夢中で私たちのことに気づいていなかったけど、徐々に一人、一人と私たちの存在に気づき始めて、ザワザワしだした。

やっぱり知英ちゃんが来たことに、みんな特に驚いているみたいだった。

「中学生にもなって手を繋ぐなんて、仲良しね」

そんな中、不意に私たちに皮肉を言ってくる生徒がいた。

──まさかの涼葉ちゃんだった。

刹那、知英ちゃんの手がまた少し震えたのを感じた。

クラスメイトたちの前であれだけ泣いていたくせに、涼葉ちゃんはまだこんなことを言う余裕があるんだ。

「そうだよ涼葉ちゃん！　私と知英ちゃんは仲がいいんだよ！　知英ちゃんは涼葉ちゃんとは違って、面白いし、優しいし、最高の友達だよ！」

知英《ちえ》ちゃんを恐《こわ》がらせたことに腹が立った私は、涼葉《すずは》ちゃんに強く言ってやった。

正直、またダークヒーローの演技をしようと思っていたけど、涼葉ちゃんの姿を見た時、不思議と全く恐くなくて、彼女にはもう演技する必要すらないと思った。

前に彼女の泣き顔を見ているからか、それともこれも〝自分らしく〟生きるって決めたからなのかな。

まあそれはひとまず措《お》いておいて、いまは涼葉ちゃんに知英ちゃんを傷つけさせないようにしないと。

「……で、涼葉ちゃんは私たちになんか文句あるのかな？」

真っすぐに涼葉ちゃんのことを見て、訊《き》く。

やるならもう一回やってもいいんだぞ、っていうくらいの強い視線を送ってやった。

「……別に」

涼葉ちゃんは目を逸《そ》らして小さい声で言うと、彼女はもう私たちに話しかけてこなくなった。なんだ、やっぱりビビってるんだ。

とりあえず、これでもう知英ちゃんが嫌なことはされないって証明できたかな。

そう思って知英ちゃんを見ると、彼女はちょっと驚いた顔をしていた。

まさか私が涼葉ちゃんを言い負かせるとは思ってなかったのかもしれない。

「どう？　もう安心でしょ？」

私が調子に乗ってウィンクをすると、知英ちゃんはクスっと笑った。

うーん、知英ちゃんみたいにできたらって思ったんだけど、どうやら下手っぴだったみたい。

以降、私たちはずっと二人で一緒に過ごして、久しぶりの学校生活を無事終えた。

学校で知英ちゃんと喋《しゃべ》ったり、からかい合ったりする時間は、本当に楽しかったんだ！

◇◇◇

放課後。私と知英ちゃんは一緒に並んで帰っていた。

すると、知英ちゃんがこんなことを言い出したんだ。

「涼葉ちゃんのことを伝えるために、あたしの家に来てくれた時から思ってたけどさ。レナちゃんってものすごく変わったよね！」

「そうかな？　って言いたいところだけど、まあ変わったかな」

私は変に誤魔化《ごまか》すことなく素直に肯定した。

最近、お母さんやお父さんにもよく言われているし。

「ほら、そんなことだって前までのレナちゃんなら絶対に言わなかったのに」

知英ちゃんは驚きながらそう言うと、続けて話した。

「どんな時でもすごい堂々としているし、言いたいこともはっきり言うし、手を握ってくれたりとかスキンシップも多いし……それに涼葉《すずは》にもビシッ！　と言ってくれたし」

知英《ちえ》ちゃんは私が変わった部分を言葉にして並べてくれる。

彼女はどこか嬉《うれ》しそうにしているように見えるけど……私はちょっと不安だった。

こうして聞いてみると、あまりにも前の私とは違っていたから。

「知英ちゃんは、いまの私は嫌かな？」

心配になりながら訊《たず》ねると、知英ちゃんはなぜかクスっと笑った。

「なに言ってるのさ、そんなわけないでしょ。変わったって言っても、レナちゃんはあたしの大好きなレナちゃんのままだよ！　今日も昼休みにダークヒーローの話をしたらすごく楽しそうに聞いてくれたし！」

どうやら知英ちゃんにとってはあり得ない話だったみたい。

……良かったぁ。

私が心底、安堵《あんど》していると――。

「でもさ、どうしてレナちゃんはそこまで変わることができたの？」

知英ちゃんからそんな質問をされた。

そんな彼女は真剣な表情をしていて……元々、そういうつもりはないけど、恥ずかしいからと誤魔化《ごまか》したり、適当に答えたりはできないなって感じた。

「それはね、一本のハリウッド映画がきっかけだったんだ」

そう切り出すと、私はどうして自分が変われたのか話し始めた。

『My Story』というハリウッド映画を観《み》て、その映画に出ていたソフィアという女性。

そして、彼女を演じている女優。

二人が懸命に〝自分らしく〟生きている姿に感動して、同時にわかったんだ。

大切な人を犠牲に自分だけが幸せになっても、自分を犠牲に大切な人だけが幸せになっても良くないいんだって。

自分も大切な人も、どっちも幸せにしなくちゃダメなんだって。

そして、私は思ったんだ。

ソフィアたちみたいに〝自分らしく〟生きたいって。

〝自分らしく〟生きて、私も私の大切な人たちもみんな幸せにしたいって。

「だからね、私は変われたんだよ。知英ちゃんが幸せじゃないと、たとえ私がどんなに良い人生を歩んでも幸せにはなれないから。それだけ知英ちゃんのことが大切だから！」

正直、知英ちゃんのおかげで変われたと言っても過言じゃない。

それだけ私の中で、知英ちゃんがかけがえのない存在なんだ。

「な、なんだろう！　自分から訊《き》いたけど、すごく恥ずかしい！」

「照れてる知英ちゃん、可愛《かわい》いね！」

私が言葉にすると、知英《ちえ》ちゃんは赤くなっている頬《ほお》を隠すように両手で押さえた。

うわぁ、可愛《かわい》すぎる～!!

それから少し経《た》って、知英ちゃんの様子が落ち着くと、

「でも、そっかぁ。レナちゃんが変われたのはハリウッド映画がきっかけだったんだね」

「うん。すごく感動する映画だから、今度一緒に観《み》ようよ」

私が誘うと、知英ちゃんはにこっと笑って頷《うなず》いた。

「もちろん！　その時は前に約束してた『バレット・ヒーロー』も観ようね！」

「あっ、えーと、それは……」

気まずそうに私が目を逸《そ》らすと、知英ちゃんは不思議そうにこっちを見ている。

うーん、話すしかないよね。

「前に涼葉《すずは》ちゃんと対等に話し合うためにダークヒーローを演じたって言ったよね。それでダークヒーローを演じるために沢山映画も観たって……」

「じゃあ『バレット・ヒーロー』も観ちゃったってこと？」

知英ちゃんの質問に、私は控えめに頷いた。

「で、でも！　すごく面白かったし、もう一回観たいって思ってるよ！　だから一回観ちゃってるけど、それでも知英ちゃんがいいなら私は一緒に観たいなぁって……ダメ？」

「ダメだよ！」

「ダメなんだ!?」

知英ちゃんなら「いいに決まってるよ！」とか言ってくれると思ってたから、びっくりしちゃった。

でも、知英ちゃんはなぜかニヤニヤしていて……。

「レナちゃんがダークヒーローの演技を見せてくれたら『バレット・ヒーロー』を一緒に観るよ！」

知英ちゃんの言葉を聞いて、なんだそれが目的だったんだと安心した。知英ちゃんを怒らせちゃったのかと思ったよ。

「いいよ！　私の演技、見せてあげるね！」

私はそう答えたあと、演技をするダークヒーローを決めて、頭に思い浮かべる。

そうして――私は演技を始めた。

「いいか？　オレが何をしようとオレの勝手だ！　だからなぁ、テメェを救うのもオレの勝手なんだよ！」

演技を終えたあと、私はちょっと疲れて一息ついた。

「私の演技どうだった？『イービル』って映画の主人公の演技だったんだけど」

訊《たず》ねると、知英《ちえ》ちゃんはなぜかぼーっとしていて……。

私が「知英ちゃん？」って名前を呼ぶと、ようやくハッとした。

「クロウの演技でしょ？　すごく上手《うま》かった!!　惚《ほ》れちゃったよ!!」

知英ちゃんは急に興奮気味に褒めてくれる。

そこまで言われると、さすがに照れちゃうなぁ。

「レナちゃん、こんなに演技が上手いんだね！　あたしの物まねと全然違うなぁ」

「そんなことないよ！　知英ちゃんの方が上手いよ！」

私が言うと、知英ちゃんは首を左右に振った。

「全然違うよ。なんかね、レナちゃんのことがとても眩《まぶ》しく感じたんだ」

「そ、そこまでかなぁ……」

知英ちゃんはまだ褒めてくれるけど、私はピンとこなかった。

まあ知英ちゃんは優しいから、私のために沢山褒めてくれているだけだよね。

それから私たちはダークヒーローの話とかいつ映画を観《み》ようかって話とか、他愛《たあい》のない話をして帰り道を一緒に歩いた。

それは本当にとても楽しい時間で、これからは何も心配することなく、この時間を過ごせるんだって考えたら、嬉《うれ》しい気持ちでいっぱいになった。

「ねえレナちゃん。伝えたいことがあるんだけど、いいかな？」

そろそろ別れるタイミングが近くなってきた時、知英ちゃんがそんなことを言ってきた。

もちろん私は頷《うなず》いたけど……伝えたいことってなんだろう？

そう考えていると、知英ちゃんはお星さまみたいに綺麗《きれい》な笑みを浮かべて――。

「レナちゃん、あたしを助けてくれてありがとう！」

その言葉を受け取って、私は胸の奥がじんと熱くなる。

だって、今まで私は知英ちゃんに助けられてばかりで、私ばっかり知英ちゃんからもらっていて……。

まさか知英ちゃんから、こんな風に感謝される日が来るなんて思わなかったから。

「レナちゃん、もしかしてまた泣いちゃった？」

「な、泣いてないよぉ……」

そう言葉を返しつつも、私はめちゃめちゃ泣いていた。

最近、本当に泣いてばかりな気がする。

「レナちゃんはしょうがないなぁ。はい、どうぞ」

知英ちゃんはハンカチを渡してくれて、私はお礼を言ったあと涙を拭う。

でも逆に知英ちゃんの優しさが胸に染みて、もっと涙が溢《あふ》れてきそう。

が、我慢しなくちゃ……なんて思っていたら――。

「レナちゃんのおかげで、いまあたしはすごく幸せだよ！」

知英《ちえ》ちゃんが伝えてくれて、私はまた涙腺が崩壊した。

いまそんなこと言われたら、そりゃ泣いちゃうよぉ。

「な、なんで急にまたそんなこと言うの……？」

「レナちゃんがあたしのことを幸せにするために、色々してくれたなら、幸せだよって伝えた方がいいって思ったからね」

知英ちゃんはニコッと笑いながら答えた。……私のことを考えて言ってくれたんだ。

——じゃあ私もちゃんと伝えなくちゃ！

「私もね、また知英ちゃんと一緒にいられて幸せだよ！」

はっきりと伝えると、知英ちゃんはすごく嬉《うれ》しそうな表情を浮かべてくれた。

こんな日々が毎日続くなんて、本当に幸せだ！　と改めて心の底から思った。

そして——。


〝自分らしく〟生きるって最高なんだ！　って思ったんだ！

幕間《まくあい》

レナちゃんと「またね」って言って別れたあと、あたしは家に帰ってきた。

ママと仕事を早く終えて帰ってきたパパが心配そうに声をかけてくれたけど、あたしは「大丈夫！」って元気よく返した。

そうしたら二人ともひとまず安心してくれたんだ。

弟の理央《りお》は小学二年生だから、まだあたしにどんなことがあったとかはよくわかっていないみたいだし、知らなくていいと思っている。

理央に情けないお姉ちゃんの話なんて聞かせたくないからね。

それからあたしは晩ご飯ができるまで、自分の部屋で休んでいたんだけど……。

「今日のレナちゃん、カッコよかったなぁ」

ベッドに寝転びながら、思わずつぶやいてしまう。

それくらい本当にレナちゃんはカッコよかったし、以前とは別人みたいになっていた。

でも、だからってレナちゃんが本当に別人なったとは思っていないし、根元の部分はあたしの大好きなレナちゃんのまま。

だからこそ、いまのレナちゃんのことを羨ましいと感じて——憧れた。

〝自分らしく〟

あたしもそうありたいと思った。……でも、あたしがなれるのかな。

結局、あたしが涼葉《すずは》ちゃんのグループに入ることを決めたせいで、レナちゃんのことを沢山悲しませてしまったし。

レナちゃんは幸せだって伝えてくれたけど、それは彼女自身が頑張ったから得られた幸せなんだと思う。

あたしはあたしの力で、大切な人――レナちゃんを幸せにはできていない。

なぜならずっとあたしは、あたしが好きなことを話して、好きなことをやっていただけだから。それをレナちゃんが一緒に楽しんでくれただけだ。

レナちゃんみたいに〝自分らしく〟なりたいなぁ……。

本気でそう思ったけど、自信はなかった。

それだけ今日のレナちゃんがキラキラして見えたから。

でも、この時のあたしはまだ知らなかったんだ。

レナちゃんがいま大変な状況に陥っているということを。

第四章　チーズ

小さい頃からあたしは両親が映画好きだった影響で、よく家で映画を観《み》ていた。

けれど、まだ子供だったあたしは難しい映画を観てもよくわからなくて……。

そんな時、お母さんがあたしのために買ってきたアメコミの映画を観たんだ。

そこであたしは初めてダークヒーローと出会った。

言っていることはよくわからないけど話している姿がカッコよくて、戦っているところもカッコよくて、必殺技もカッコよくて――とにかく全てがカッコよかった！

それがきっかけで、あたしはダークヒーローが大好きになったんだ。

以来、あたしは両親に頼んでダークヒーローの映画ばかり観るようになって、いつしかダークヒーローの真似《まね》をするようになった。

さらにはダークヒーローの知識を沢山学んで、あたしの頭の中は常にダークヒーローのことでいっぱいだった。だからだろうか、子供の頃に同い年の子たちと話しても、みんながあたしから離れていった。

「ダークヒーローってなに？」「悪いやつなんじゃないの？」「映画なんて面白くないよ」「サッカーとかやってる方が楽しくね？」「知英《ちえ》ちゃんとお話しても、つまんない」

……そうだよね。みんなダークヒーローのことなんて興味ないよね。

興味あるとしたら、普通のヒーローの方だよね。

けれど、それでもダークヒーローが大好きだったあたしは、友達を作りたいとは強く思っていたけど、半ば諦めてもいた。あたしが無理に合わせて、ダークヒーローに興味がない人と友達になるなんて、あたしには絶対にできないと思ったから。

そんなある日。あたしは友達を作るために、ダメ元で近くの公園に行った。

しかし、公園にいるみんなにはほとんど話しかけたことがあって、あたしのダークヒーロー好きが原因で、あたしから離れていった子たちばかりだった。

話しかけられる子がいないや……。

そう思って、諦めて家に帰ろうとした時——一人の女の子を見つけた。

彼女はベンチに座りながら、遠くの方——鬼ごっこをして遊んでいる子たちをじーっと眺めていた。

あの子、いつもあんな風だけど友達を作ろうとしてるのかな。

……でも、もし本当に友達を作ろうとしてるなら、あの感じだとあたしと同じように上《う》手《ま》くはいってない気がする。

そういえば公園でよく見かけてはいたけど、あの子に話しかけたことなかったなぁ。

なんとなくダークヒーローに興味がなさそうだし。

……ちょっと話しかけてみようかな。
興味本位で、あたしは女の子に近づいてみた。
「このままずっと友達ができないのかな……」
女の子は顔を俯《うつむ》けながら呟《つぶや》いていた。やっぱり友達を作ろうとしていたんだ。
それからあたしはどうしようか迷ってしまう。
話しかけようと思ってたけど、またダークヒーローの悪口を言われたらどうしよう。
あたしの大好きなものがバカにされたらどうしよう。
すごく不安だよ……。
でも、このままだとずっと友達ができないままだよね。
それにもしバカにされたら、すぐに帰ってダークヒーローの映画を観《み》て元気出そう。
そう決意して、あたしは思い切って女の子に話しかけたんだ。

「ねえキミ！　ダークヒーローってカッコいいよね！」

それからあたしは女の子と話して、最初はあたしが手作りのダークヒーローの格好をしていたから、恐《こわ》がられちゃったけど……。
でも、その後に女の子が七瀬《ななせ》レナちゃんって名前だって聞いて、あたしはレナちゃんに少し強引にダークヒーローの話をした。

話している間、正直つまんなそうな顔をするかなって思った。

だって、今までだってみんなそうだったし……。

けれど、レナちゃんはダークヒーローのことはわからなそうにしていたけど、それでもあたしの話に興味を持とうとしてくれたんだ。

そうしてダークヒーローの話が終わったあとに「どう？　ダークヒーローのこと少しはわかった？」って、あたしは訊《き》いた。

レナちゃんが少しはダークヒーローに興味を持ってくれたらいいなって思ったから。

でも、レナちゃんは迷った表情をしていて……。

だけど、今までの子たちみたいにダークヒーローのことをバカにするとかは決してしなかった。

その瞬間、レナちゃんとなら友達になれそう。

ううん、レナちゃんと絶対に友達になりたいって思ったんだ！

こんな子、今までに一人もいなかったから。

それからあたしは勇気を出して、レナちゃんに友達になろうって言ったら、彼女も同じように友達になりたいって言葉を返してくれたんだ！

こうして、あたしはレナちゃんと友達になった。

以降、あたしはレナちゃんと一緒にダークヒーローの話をしたり（ほとんどあたしが一方的に喋《しゃべ》っちゃってるだけだけど……）、一緒にダークヒーローの映画を観《み》たり、あたしが考えたダークヒーローごっこを一緒にしたりした。

どんな時でもレナちゃんは楽しそうにしてくれて、あたしはものすごく嬉《うれ》しかった！

だから、レナちゃんと一緒に過ごす時間は、たとえどんなに少ない時間でも、かけがえのない大切なものになったんだ。

ある日ね、レナちゃんにこんな質問をされた。

「ちなみに知英《ちえ》ちゃんが一番好きなダークヒーローって、誰なの？」

それにあたしは答えるのが恥ずかしくて「内緒だよ！」って答えたんだけど、レナちゃんには気づいて欲しかったなぁ。

あたしが一番好きなダークヒーローなんて決まってるよ。

ずっとあたしと一緒にいてくれて、あたしのことをいつも楽しい気持ちにさせてくれる、最高のダークヒーロー。

これだけ聞いたら普通のヒーローじゃないの？　って言う人もいるかもしれないけど、あたしが決めたらどんなヒーローもダークヒーローになるから文句は言わせない。

あたしが一番好きなダークヒーローはね――。

レナちゃんだよ。

◇◇◇

「知英ちゃん、あーんしてあげようか？」

昼休み。レナちゃんとお昼ご飯を食べていたら、急にそんなことを言ってきた。

「だ、大丈夫だから⁉　普通に恥ずかしいよ⁉」

あたしがびっくりしながら言葉を返すと、レナちゃんはいたずらっぽく笑った。

まったく。本当に前までのレナちゃんと全然違うなぁ……と思ったけど、よく考えたらレナちゃんのお母さんもこんな感じだし、元々、積極的な性格になる素質はあったのかもしれない。

「恥ずかしがっている知英ちゃん、可愛《かわい》いね！」

レナちゃんがまたそんなことを言ってきたけど、でも楽しそうにしている彼女を見て、あたしも楽しくなってくる。

レナちゃんのおかげで、以前までとは本当に学校生活が変わったなぁ。

そんなことを思いながら、チラッと涼葉《すずは》ちゃんがいる席を見てみる。

彼女は絵里《えり》ちゃんたちと喋りながら、お昼ご飯を食べていた。

あたしが不登校になってから初めて登校して以降、涼葉《すずは》ちゃんがあたしに嫌がらせをすることは一切なくなった。むしろ、以前より少し静かになった気さえする。

涼葉ちゃんのことは正直まだ恐《こわ》いけど……レナちゃんがいるおかげであたしは安心して学校に来れているし、楽しい学校生活を送れているんだ。

「知英《ちえ》ちゃん、私ね、知英ちゃんと一緒にいられて楽しいよ！」

「また急にどうしたの？　でも、あたしもレナちゃんと一緒にいられて楽しいよ！」

レナちゃんが伝えてくれて、あたしもそう伝えてた。

こうやってレナちゃんは口にすることが恥ずかしいことでも、伝えたいことを伝えてくれるようになった。

これもレナちゃんが〝自分らしく〟生きたいって思ったおかげなのかもしれない。

毎日、レナちゃんを見ているけど、いまのレナちゃんは本当にキラキラしている。

もちろん前のレナちゃんもすごく好きだし、あたしの大切な人っていうのはずっと前から全く変わっていないんだけど……いまのレナちゃんを見ていたらね。

——憧れちゃうなぁ。

そんなことを思っていたら、妙な視線を感じた。

見ると、女子生徒たちがこっち——正確には、レナちゃんを見ていた。

けれど、それは悪意ある感じではなくて……って考えていたら目を逸《そ》らされちゃった。

最近……というか、不登校から初めて登校して以来、こういうことが多い。

……なにかあるのかな。

疑問に思いながらも、あたしはレナちゃんと楽しい昼休みを過ごした。

◇◇◇

午後になって最初の授業が終わり、休み時間。

次は理科の授業で理科室で行うから、レナちゃんと一緒に移動してたんだけど、あたしが忘れ物をしちゃって、あたし一人だけ教室に戻っていた。

レナちゃんは付いていくって言ってくれたんだけど、もし授業に遅れてしまったら申し訳ないから、と断った。それから教室に着いて、あたしは忘れていた理科の教科書を自分の机の中から手に取った。……理科の教科書って多いんだよねぇ。

「ねえ知英っち」

不意に名前を呼ばれて、びっくりした。教室にはあたし一人しかいないと思っていたから。……見てみると、ドア付近に絵里《えり》ちゃんたちがいた。

いつも涼葉ちゃんと一緒にいる二人だから、勝手に体が震えてしまう。

「安心して。涼葉は先に理科室に行ってるから」

結衣《ゆい》ちゃんの言葉を聞いて、あたしはほっとした。

正直、嫌がらせをされなくなったとはいえ涼葉《すずは》ちゃんとはあまり喋《しゃべ》りたくない。

「その……絵里《えり》ちゃんたちも忘れ物？」

どうして絵里ちゃんたちがここにいるのかわからなくて訊《き》いてみる。

「ううん……実は知英《ちえ》っちと少し話したくて」

「知英、いつもレナと一緒にいるでしょ？　だからこうでもしないと話せないと思ってさ」

絵里ちゃんが控えめに答えると、結衣ちゃんが付け足すように話した。この口ぶりだと、二人は少なくとも今日はずっとあたしが一人になる時を待ってたみたい。

……でも、わざわざこんな授業が始まりそうな時じゃなくても。

なんて思っていたら、授業開始のチャイムが鳴ってしまった。

直後、絵里ちゃんたちは気まずそうにする。

絵里ちゃんたちってノリがいい人たちなんだけど、結構抜けてるところもあるんだよね。

そう思いつつも、絵里ちゃんたちはレナちゃんが倒れた時、彼女を保健室へ運んでくれたのを思い出す。なんだかんだで優しい人たちなんだよ。

「それで、話ってなにかな？」

授業に遅れることを許容して、あたしが訊《たず》ねると、絵里ちゃんたちは驚いた表情を見せた。けれど、あまり授業に遅れないようにするために、すぐに話をしてくれた。

「涼葉っちのことなんだけど……涼葉っちが知英っちにしたことは絶対に許されることじゃないけど……それでもね、涼葉っちにも事情があったことは知っておいて欲しくて」

「……事情？　事情があったら、毎日誰かに嫌な思いをさせていいの？」

絵里ちゃんの話に、さすがに腹が立ってあたしは訊ねる。

その答え次第では、さっさと理科室へ行こう。

「ごめん、知英。急にこんな話されても苛《いら》つくだけだと思うけど……それでも私らはさ、ずっと涼葉と一緒にいる友達だからさ、涼葉が大した理由もなく誰かに酷《ひど》いことをする嫌なやつだって思われたままは嫌なんだよ」

今度は結衣ちゃんが辛《つら》そうな声音で、そう話した。

ひょっとしたら絵里ちゃんや結衣ちゃんにとっての涼葉ちゃんは、あたしにとってのレナちゃんのような存在なのかもしれない。

そう考えると、結衣ちゃんの言葉を無闇に否定することができなかった。

「事情っていうのは聞くだけ聞いてもいいよ。……でも、それで涼葉ちゃんを許すことはきっとできないと思う」

「わかってる。私たちのワガママを聞いてくれてありがとね」

「ありがとう、知英っち」

結衣ちゃんと絵里ちゃんはそう言うと、そのまま結衣ちゃんが涼葉ちゃんの事情を話し始めた。

涼葉《すずは》ちゃんの両親は昔からかなりの放任主義だったらしい。

二人とも働いていて裕福らしいけど、仕事ばかり優先していて、ほとんど家にいないみたい。だから涼葉ちゃんは小さい頃から、晩ご飯を食べる時も休日もほとんど家政婦さんと一緒にいるか一人きりかのどっちかだった。

さらに中学に入ってからは、家政婦も雇わなくなって、毎日一人ぼっちで過ごしている。

それでもたまに母親は早く家に帰ってくることがあって、涼葉ちゃんが見たいテレビがあるとか理由をつけて、放課後に早く家に帰っていたのは、母親と過ごしたいからだったみたい。それでも精神的にはキツくて……。

そんな最中に、涼葉が好きな人——中村《なかむら》くんがあたしに告白してしまい、余計に精神的に辛《つら》くなって、あたしに当たってしまった。


「……そっか。涼葉ちゃんにもそれなりに理由があったんだね」

涼葉ちゃんがそんな辛い事情を抱えているなんて、全く知らなかった。

可哀《かわい》そうだと思う……けど。

「やっぱりあたしは涼葉ちゃんを許せないかな」

「わかってる。知英《ちえ》は涼葉のことを許さなくていいよ。そもそも告白のことがある前から涼葉から嫌がらせされていたし。あれはただ涼葉の性格が悪いだけだから」

結衣《ゆい》ちゃんが苦笑しながら言って、あたしはちょっと驚いた。

いつも涼葉ちゃんの機嫌を良くするようなことばかり言っている彼女から、涼葉ちゃんの性格が悪い、なんて言葉が出ると思わなかったから。

「でもね知英っち。涼葉っちにもいいところはあるんだ。小学生の時にね、あーしと結衣はちょっとテンション高すぎて、逆に周りから浮いちゃっててさ……そんな時、涼葉が友達になろうって言ってくれたんだよ。涼葉は可愛《かわい》いし、わがままだけど誰かを引っ張っていく力もあるから、はぐれ者を選ばなくても、もっといい友達を作れたのに」

次いで、絵里《えり》ちゃんが必死に説明した。

……まあ涼葉ちゃんに全くいいところがないかって言ったら、そうとは思わない。

自分勝手に遊ぶ場所を決めるけど、遊ぶ日の流れとかはちゃんと一人で考えてくるし。

そういう部分もあるけど、結衣ちゃんに言った通りあたしは涼葉ちゃんのことは許せない。少なくとも今は絶対にね。

「知英、私たちの話を聞いてくれてありがとう。……あと、今まで何もできなくてごめんね」「……本当にごめん、知英っち」

二人から申し訳なさそうに謝られたけど、あたしはゆっくりと首を左右に振った。

「別に二人には怒ってはいないよ。あたしが二人の立場だったとしても、何もできなかったと思うし……」

さすがに結衣《ゆい》ちゃんたちに何か思うのは、間違ってるだろう。

二人ともあたしに嫌がらせとかはしてないんだから。

結衣ちゃんたちの話が一通り終わって、あたしたちはそろそろ理科室へ向かおうとする。

結衣ちゃんたちから聞いたことは、レナちゃんには……話さない方がいいか。

レナちゃん、涼葉《すずは》ちゃんの名前を出すだけでキレ散らかすからなぁ。余計なことを話したら、レナちゃんが涼葉ちゃんに喧嘩《けんか》を売りに行っちゃいそうで恐《こわ》いよ。

……レナちゃんといえば、結衣ちゃんたちに訊《き》きたいことがある。

「ねえ絵里《えり》ちゃん、結衣ちゃん。あたしからも一つだけ訊きたいことがあるんだけど、いいかな？」

訊《たず》ねると、二人とも自分たちの話を聞いてくれたから、と頷《うなず》いてくれた。

あたしは二人なら知ってるかもしれないと思い、最近ずっと気になっていたことを訊ねてみた。

「最近クラスメイトたちのレナちゃんへの視線がおかしいんだけど、何か知ってる？」

◇◇◇

休日。朝早くに起きちゃったあたしは自分の部屋のベッドに寝転んで、考えごとをしていた。何を考えているかというと、レナちゃんのことだ。

昨日、絵里ちゃんたちからレナちゃんに送られるクラスメイトの視線のことを訊ねてみたら、彼女たちはこう答えた。


レナちゃんはクラスメイトたちに恐がられている。


なんでもレナちゃんが涼葉ちゃんとやり合ったときが、とんでもなく恐かったらしい。

まるで極悪人になったかのようだった、と絵里ちゃんたちは話していた。

きっとあたしのためにダークヒーローを演じてくれたときの話だ。

あたしも一度見たけど、レナちゃんの演技はすごく上手《うま》かったからなぁ。

上手すぎて、ダークヒーローが他の人たちから見たら極悪人に見えてしまったのかもしれない。……ダークヒーローは、レナちゃんはカッコいいヒーローなのに。

でも絵里ちゃんたちの話を聞いて、合点がいった。

あの視線はレナちゃんを恐がっていたのかぁ。……このままじゃ絶対に良くないよね。

そもそもあたしが原因で、レナちゃんが恐がられちゃってるわけだし。

それにレナちゃんもクラスメイトたちから恐《こわ》がられることなんて望んでないと思うし、あたしだって大好きなレナちゃんがみんなから恐がられているなんて嫌だよ。

……けど、どうすればいいんだろう。どうしたらレナちゃんが恐がられないように——というより、レナちゃんはすごく魅力的な人なんだよって伝えられるんだろう。

午前中、ずっと考えていたけど全くいい案が出てこなかった。

「おねえちゃん！」

そろそろお昼ご飯を食べようかなと思ってリビングに行ったら、弟の理央《りお》がいた。

テレビにはダークヒーロー系の映画が映っていた。

実は理央もあたしの影響で、小学二年生にしてダークヒーローにハマってしまっている。

「おねえちゃん！　おねえちゃん！」

理央はまたあたしのことを呼びながら、てくてくと近づいてくる。

あたしの弟ながら、レナちゃんに匹敵する可愛《かわい》さだなぁ。

「どうしたの、理央？」

「おねえちゃん！　一緒にダークヒーロー観《み》よ！」

理央はダークヒーローの映画を観ようとお願いしてくる。レナちゃんの件をどうにかしたいけど、さっきから闇雲に考えても全然いい案が思いつかないし……。

「いいよ！　一緒に観ようか！」

あたしが笑って答えると、理央はやった！　とバンザイする。癒《いや》される弟だなぁ。

「でも、先にお昼ご飯食べようか。理央も食べてないでしょ？」

「わかった！　お昼ご飯食べる！」

理央の返事を聞いて、あたしはお昼ご飯の準備をする。……といっても、お母さんが用意してくれている味噌煮込《みそにこ》みうどんをレンジで温めるだけなんだけど。

ちなみに、いま家にいるのはあたしと理央の二人だけ。パパは仕事で、ママは普段遠くに住んでいてなかなか会えない同級生だった友達と映画を観に行っている。

ママは学校に行き始めたばかりのあたしを心配して、映画に行くのをやめようとしてくれたんだけど、あたしが絶対に行ってきてと言ったんだ。

あたしはもう大丈夫だからね。

「理央、できたよ！」

温めた味噌煮込みうどんを用意すると、理央は自分の席に座った。

けれど、目の前にある味噌煮込みうどんを見て、理央はキョトンとする。

「おねえちゃん、チーズは？」

「はいはい、理央は本当にチーズ好きだね」

冷蔵庫からスライスチーズを取って、理央の味噌煮込みうどんに載せる。

理央はあたしと違って、チーズが大好きだ。

「お姉ちゃんにもチーズ載せてあげる」

なんて思っていたら、理央《りお》が勝手にスライスチーズを手に取って、あたしの味噌煮込《みそにこ》みうどんにも載せてしまった。……まああたしも味噌煮込みうどんなら、自分でもよくわからないけどチーズを載せて食べられるし……いっか。

それからあたしと理央は味噌煮込みうどんを食べたあと、約束していた通り理央とダークヒーロー系の映画を一緒に観《み》ることにした。

「いけー！　バシュ！　ビュンビュン！」

暫《しばら》く観ていて戦闘シーンに入ると、理央が楽しそうにわちゃわちゃしている。

昔のあたしにそっくりだなぁ。あたしも理央くらいの頃は、こうやってダークヒーローが戦っているところを真似《まね》していた。

いまもセリフの物まねとかはするけど、さすがにバシュ！　とかまでは言わないかな。

「おねえちゃんも一緒にやろ！」

「えっ……」

理央が期待するような眼差《まなざ》しを向けてくる。

……うーん、こんな目で見られたら、さすがに断れないなぁ。

「ドン！　ドン！　ズドーン！」

「オレに勝てると思ったか？　ドババババ！　そんなことあるわけ――ジュバーン！　ねー

だろ！　バンバンバン！」

あたしはいま観ている映画のセリフを言いながら、戦闘シーンを真似する。

今回の映画は、あたしはもう観たことがあったからね。

「おねえちゃん、カッコいい〜！」

理央がぴょんぴょん跳ねながら興奮気味に、褒めてくれた。

嬉《うれ》しいけど、ちょっと恥ずかしいなぁ。

そう思っていたら、理央はまたすぐに映画に夢中になってしまった。

……ちょっと寂しい。

けれど、ダークヒーローを見ている理央の瞳はキラキラしていて、心の底から楽しんでいるように感じて――。

刹那、あたしは思いついてしまった。

レナちゃんのことをクラスメイトが恐《こわ》がっているのを解決する方法。

それはね――。

◇◇◇

「レナちゃん、あたしと一緒に演劇をやろう！」

休日明け。あたしは登校中に早速レナちゃんに提案をした。

そう。あたしが思いついた作戦は、演劇をすること。

ダークヒーローに夢中になっている理央《りお》を見て、レナちゃんの演技を魅力的に見せることができたら、レナちゃんのこともみんな恐《こわ》がらなくなるんじゃないかって思ったんだ。

そもそもみんながレナちゃんを恐がっている原因は、レナちゃんの演技なわけだし。

「知英《ちえ》ちゃん!? 急にどうしたの!?」

レナちゃんは目をパチクリさせながら、びっくりしていた。

さてと、ここからはレナちゃんがクラスメイトたちに恐がられているってことをバレないように話を進めなくちゃ。レナちゃんを傷つけたくはないからね。

「だってレナちゃんの演技上手《うま》いからさ。みんなにもっと見てもらいたいなって」

「ふーん、でもなんで突然そんなことを言うの?」

「えっ? と、突然じゃないよ……レナちゃんの演技を見た瞬間から思ってたことだよ」

「ふむふむ」

レナちゃんは頷《うなず》いたあと、じーっとこっちを見てくる。……あ、怪しまれてる。

そう思いながらドキドキしていたら、レナちゃんは視線を戻した。

ふぅ、バレなかったかな。

そう安心していたら――。

「ダウト〜！」

レナちゃんからダウト宣言がきた。えっ、なになに!?　どういうこと!?

「名探偵レナちゃんは知英ちゃんが嘘《うそ》をついていると見抜いたよ！　だからダウト！」

「えぇ……」

どうやら名探偵レナちゃんにはバレていたみたい。さすが自分で名探偵って言うだけあるなぁ。……でも、どうしてわかったんだろう。

「どうしてわかったの？」

「勘だよ！」

全く推理してない!?　とんでもない名探偵だぁ！

「知英ちゃん、どうして嘘をついたの？　というか何を隠しているの？」

あまりにも名探偵のデタラメっぷりに驚いていると、レナちゃんがちょっと怒ったような声音で訊《き》いてきた。

……こうなったら、さすがに本当のことを話さなくちゃダメかな。

「その……実はね、レナちゃんがみんなから恐がられているらしくて」

レナちゃんが傷ついてしまわないか心配しながら、恐る恐る打ち明けると、

「なーんだ、そんなことか」

レナちゃんは意外にも大したことないって思っているような反応をした。

いや、この感じはもう知ってるのかな？

「このこと、レナちゃんは知ってたの？」

「うん。みんな私のことを悪役に向けるような目で見てるからね。さすがに気づくよ」

そう話すレナちゃんは、特に悲しそうにするわけでもなく、淡々としていた。

少しレナちゃんに違和感を覚えつつも、あたしは演劇をしようとした理由を説明する。

「あたしは、その……みんなのレナちゃんの印象を変えようと思って、そうしたら演劇でいい方向にレナちゃんの魅力を出すのが一番いいのかなって」

「なるほどね～。だから急に演劇をやりたいって言い出したんだ」

レナちゃんはこくこくと頷《うなず》いて、納得してくれた。レナちゃんが恐《こわ》がられていることを打ち明けちゃったけど、これで演劇はできるかな。

レナちゃんもみんなから恐がられたままじゃ嫌だろうし……。

「別にやらなくてもいいんじゃない」

レナちゃんの発言に、思わずあたしは動揺してしまう。

「ど、どうして？」

「だって正直、私は別にクラスメイトたちにどう思われても気にしないから」

そう言葉にするレナちゃんは、別に無理してるっていう風には見えなかった。

本当にクラスメイトからは、どう思われてもいいって思ってるんだ。

小さい頃からレナちゃんとずっと一緒にいるけど、レナちゃんがこんなことを言う時が来るなんて……。

レナちゃんは昔から周りの評価とかを気にしちゃうことが多かったからね。

でも、そういう部分もあたしは悪いとは思ってなくて、だからこそレナちゃんは周りのことをよく考えられて、優しい性格をしてるんだと思うし。

そんなレナちゃんが、いまはもう周りのことなんて気にしないって言っている。

何度も思ってるけど、本当に変わったなぁ。

「それに万が一、演劇をやって知英《ちえ》ちゃんが傷つくようなことがあったら嫌だから。私は大切な人にだけ好かれていたら、それだけで充分なんだよ」

レナちゃんはあたしを見て、伝えてくれた。思わず、鼓動が速くなってしまう。

――カッコいい。素直にそう感じてしまった。

同時に、レナちゃんが教えてくれた言葉を思い返す。

レナちゃんが言っていた〝自分らしく〟生きるって、きっとこういうことなんだよね。

「だからね、私のことは気にしないで。知英ちゃんと一緒に過ごせたら、それだけで楽しいの！」

レナちゃんは太陽みたいな笑顔を向けてくれた。あたしはどうしようもなく嬉《うれ》しくなってしまう。もうこのままでいいかなってなっちゃいそう。……でも、やっぱり。

あたしはレナちゃんにそう言ってやった。

「嫌だ」

「あれ!? いまのってこのまま話が終わる流れじゃないの!?」

「全然そんな流れじゃないよ！ 誰が幼馴染《おさななじみ》がクラスメイトに恐《こわ》がられたまま放置すると思ってるの！」

びっくりするレナちゃんに、あたしはちょっと怒った。

大好きなレナちゃんが恐がられたままなんて、嫌に決まってるでしょ。

「もう演劇はやることに決まったから！」

「なんか決定事項になっちゃった!?」

あたしの宣言に、レナちゃんはまた驚く。

「別に私のことなんて気にしなくていいのに……もし演劇をやって知英《ちえ》ちゃんが傷ついたらどうするの？」

「演劇やっただけで、そんなこと起きるわけないでしょ。心配しすぎだよ」

あたしがそう言っても、レナちゃんは納得できないと唇を尖《とが》らせている。

演劇は、もちろんクラスメイトが抱いているレナちゃんの印象を変えるためだ。

――でもね、実はまだ理由があるんだよ。

「あたしね、本当にレナちゃんの演技をみんなに見せたいんだよ！ それであたしの大好きな人がこんなにすごいんだよって見せつけてやりたいの！」

そう伝えると、レナちゃんはいきなり言われたからか、目をパチクリさせる。

けれど、次にはニコッと笑って——。

「しょうがないなぁ。正直、私の演技がすごいかはわからないけど……大好きな知英ちゃんのためなら、やってやろうかな！」

レナちゃんは腕をぐるぐる回して、やる気になってくれた。

「本当にいいの？」

「うん、いいよ！　人前でちゃんとした演技をしてみたいとも思っていたからね！」

レナちゃんは強く頷《うなず》いて、そう答えてくれた。

もっと嫌がられるかと思ったけど、良かった。

この感じ、レナちゃんは演劇をやること自体には抵抗がなさそう。

この前、レナちゃんの演技を見た時にも思ったけど、彼女はきっと演技をすることが好きなんだと思う。……本人が自覚しているかはわからないけど。

「じゃあ今日の放課後に、あたしの家でどんな演劇をやるかとか他のことについても色々話し合おう！」

「了解です！　知英ちゃん監督！」

レナちゃんはそう言って敬礼してきた。……監督呼びは恥ずかしいよぉ。

こうしてあたしとレナちゃんは、一緒に演劇をすることになったんだ。

レナちゃん。実はあたしね、レナちゃんと一緒に演劇をしたい理由がもう一個あるんだ。

それはね——大好きなレナちゃんと一緒に何かをしてみたかったんだよ！

だって、きっとそれは最高に楽しいと思うから！

◇◇◇

それからあたしとレナちゃんはどんな演劇をやるか、いつやるか、どこでやるか等を話し合っていった。

どんな演劇をやるかは、最初はレナちゃんの演技力をよりわかりやすく伝えるために、グリム童話とかみんなが知っているような話がいいんじゃないかって話していたけど、よりレナちゃんの演技力を引き出すなら、今まで一緒に観《み》てきたアメコミに出てきそうな役をやる方がいいよねって二人の意見が合って、アメコミっぽい演劇をすることに決めた。

アメコミのストーリーも、基本的に正義と悪の対立って感じでわかりやすいからね。

それにレナちゃんに演技に集中してもらうためにあたしが脚本を書くことにしたんだけど、よく観ているアメコミ系なら素人のあたしでも書きやすいかなって決めた。

あと二人でやるなら長い時間よりも短い時間の方がいいよねってことで、寸劇みたいにしようと決めた。アメコミ系なら見せ場をすぐ出しやすいから。

演劇をする日付は、クラスメイトたちに見せたいから学校がある日のどれかだとして、場所と時間帯はどうしようかなぁって二人で考えていたんだけど、あまりいい案が思いついていない。

この演劇はクラスメイトたち全員に必ず見てもらわなくちゃ意味がない。

だって、みんなが抱いているレナちゃんが恐《こわ》いっていう印象を変えるためにやるんだからね。

それを踏まえて考えたら、たとえ学内で演劇をさせてもらえるいい場所を借りられて、クラスメイトたちに呼び込みをしたとしても、来てもらえる可能性は低い。

だから絶対にクラスメイトたちがあたしたちの演劇を見なくちゃいけない状況を作らなくちゃいけないんだけど……そんな場所も時間帯も特に思いつかなかった。

とりあえず、場所と時間帯は保留することになった。

後日、まずあたしがアメコミっぽい脚本を考えてきたんだけど……。

「すごい！　面白いよ、これ！」

放課後。あたしの家まで来てもらって、あたしの部屋でレナちゃんに台本を見せると、レナちゃんは興奮気味に褒めてくれた。……良かったぁ。

「セリフとか、まさに知英《ちえ》ちゃんって感じだね！」

「えっ、それって大丈夫なのかな？」

「大丈夫！　知英ちゃんの魅力は私が一番わかってるんだから！」

レナちゃんは笑ってそう言ってくれるんだけど……ちょっと不安になってきたな。

「でも、主人公がダークヒーローじゃなくて正義のヒーローって感じだけど、いいの？」

不意にレナちゃんから訊《き》かれた。

今回の話の主人公は、レナちゃんが言った通りあたしが大好きなダークヒーローじゃなくて、正義のヒーローみたいにした。

まあダークヒーローもやってることがめちゃくちゃだったり、言葉が汚かったり、目的が復讐《ふくしゅう》だったりするだけで、一応、正義のヒーローなんだけど。

「ダークヒーローの演技をして恐《こわ》がらせちゃったのに、またダークヒーローの演技をレナちゃんにさせるわけないでしょ？」

「でも、知英ちゃんが好きなのはダークヒーローで……ん？　ちょっと待って。いまの話だと私が主人公ってこと？」

「もちろん！　レナちゃんが主役をしないで誰がするのさ！」

あたしの言葉に、レナちゃんは「ええ!?」と目を見開いた。今回の演劇はレナちゃんのためのものなんだから、そんなに驚くことじゃないと思うんだけどなぁ。

「あたしはね、レナちゃんが優しくてすごく魅力的な人だってクラスメイトのみんなに見せたいんだ。だからこそ、今回は王道のヒーローストーリーにしたんだよ」

ストーリーもみんなから好かれているヒーローが悪役を倒す王道展開。

だからこそ、これでクラスメイトたちにもレナちゃんが恐くない、むしろものすごくいい人なんだって伝わるはず。

「これって、悪役は知英ちゃんがやるの？」

「そうだよ。あたし以外に演じられる人がいないからね」

「知英ちゃんのことを倒さなくちゃいけないなんて、嫌だよ！」

レナちゃんは悲しそうな表情を浮かべて、そう言ってくれる。

「演技なんだから、そんなこと気にしなくても……」

「演技でも嫌だ！」

「えぇ……」

困ったなぁ。まさかあたしが悪役をやるだけでここまで嫌がられるなんて。

どんだけあたしのこと好きなんだよ！　ってツッコミたくなっちゃう。

まああたしもレナちゃんを演技でも倒さなくちゃいけないってなったらきっと嫌だし
……って、あたしもどんだけレナちゃんのこと好きなんだよ。

「さっきも言ったけど、あたしはレナちゃんの魅力をクラスメイトのみんなに見せたいの。

だから我慢して欲しいなぁ」

「嫌だ」

頑《かたく》なに断るレナちゃんに、あたしはどうしようか悩む。

……でも、お願いし続けるしかないんだよなぁ。

「レナちゃんは涼葉《すずは》ちゃんの件であたしのことを助けてくれたでしょ？　だから今度はあたしがレナちゃんのことを助けたいんだよ。だからお願い！　お願いお願い！」

「……知英《ちえ》ちゃんがそこまで言うなら」

何度もお願いを連発すると、ようやくレナちゃんが承諾してくれた。

けれど、納得はしてないみたい。うーん、何かレナちゃんが演劇を頑張ったら喜びそうなこととかないかなぁ……そうだ！

「演劇が終わったら、どこかの休日で一緒に一日中、映画を観《み》ようよ！」

「言ったね！　絶対に約束ね！」

レナちゃんがすぐに小指を出してきた。あまりに速くてあたしはつい笑ってしまう。

「うん！　絶対に約束だよ！」

それからあたしとレナちゃんは指切りげんまんした。

この約束は絶対に破れないね。もし破ったら、レナちゃんにめちゃめちゃ怒られる。

「よし！　じゃあ次はヒーローと悪役の小道具を作ろう！」

「小道具？　衣装とかじゃなくて？」

「衣装を作るのは、ちょっと時間がないかなぁって……」

色々あって気づいていなかったけど、よく考えたら夏休みがそれなりに近い。

それで衣装を作って、小道具を作って、演技の練習して、演劇をする場所や時間帯も決めて、とかやっていたら、夏休み前に演劇ができなくなっちゃう。

じゃあ夏休み後にすればいいんじゃないの？　って話になるけど、そんなに長い時間レナちゃんが恐《こわ》いって印象が続くと、もう根付いちゃう気がして……。

だから、今回は衣装はなしで、代わりにマントとか帽子とか身に着けられる小道具で補おうと考えている。

レナちゃんにそう説明すると、

「おっけー！　私はそれで大丈夫だよ！」

「ありがとう！　レナちゃん！」

レナちゃんの了承を得てから、あたしが用意していたダンボールや画用紙とかを使って、二人で小道具を作り始めた。戦闘シーンのための武器とか、さっき話したマントとか。

実は、あたしは設計図を書いていたりして、レナちゃんに見せると「カッコいい！」ってまた褒めてくれたんだ。

それからあたしとレナちゃんは楽しく喋《しゃべ》りながら作業していたんだけど……。

「う～ん、なんか違うなぁ」

完成した主人公の武器――銀色の剣を見て、あたしは首をひねる。

創作系の動画を参考に作ってみたけど、なんか微妙だった。

「私はよく出来てると思うけどなぁ」

そう言ってくれるレナちゃんの手には、ぐちゃぐちゃになった剣みたいなもの。

「えーと……私、こういうの得意じゃないみたい」

「レナちゃんには演技があるんだから、大丈夫！　あとレナちゃんが作った剣、あたしはすごく可愛《かわい》いと思うよ！　あたしなら一億円で買っちゃうよ！」

「お世辞がすごすぎる!?」

レナちゃんはそう言ったあと、クスっと笑った。

ちょっと落ち込んでたけど、元気が出たみたいだね。

……さてと、このままだと中途半端な小道具ばかりができちゃうんだけど、それは避けたい。もちろんクラスメイトたちのレナちゃんが恐《こわ》いって印象を変えたいってこともあるし、せっかくレナちゃんが初めてちゃんと演技をする場なんだから、可能な限り最高のものにしたい！

そうするには、せめて小道具をもっとちゃんと作らないといけないけど、そんなに時間があるわけじゃないし……っ！

「ねえレナちゃん、たしか去年の文化祭って涼葉《すずは》ちゃんがお化け屋敷の道具とか作ってたよね？」

「ダメだよ!!」

訊《き》いた瞬間、レナちゃんが叫んだ。

「涼葉ちゃんに頼るのはダメだよ。あれだけ酷《ひど》いことをされたのに……」

「……そ、そうだよね」

そりゃ当然だよね。あんなに苦しい思いをしたのに、それをしてきた人に小道具を作ってもらうなんて、あり得ないよね。

いくらレナちゃんのためだからって、どうかしてるよね。

それからあたしはもう一回、頑張って自分で小道具を作ってみたけど、やっぱり納得がいくものはできなかった。

そうして、そのままレナちゃんが帰る時間になって解散になった。

その日の晩。あたしは自分の部屋のベッドに入って考えごとをしていた。

このままあたしが作った小道具を使っても、演劇はそれなりに成功すると思う。

それほどレナちゃんの演技が魅力的だから。

……でも、本当にそれでいいの？

レナちゃんが初めて誰かの前で演技をするのに、妥協しちゃっていいの？

それでレナちゃんは、ちゃんと楽しめるの？

——やっぱり違うよね。

あたしはレナちゃんが演技を最高に楽しめるようにしたい。

演技をしている間、レナちゃんに最高に幸せになってもらいたい。

だって、レナちゃんはあたしにとって一番大切な人だから！

それに以前とは変わったレナちゃんの姿を見て、そんなレナちゃんと毎日のように話して、思ったんだよ。


どうしようもなく、あたしも〝自分らしく〟生きたいって！


正直、今まであたしはレナちゃんのためなら、自分なんてどうなってもいいと思っていた。……でも、それじゃあダメなんだよね。

それじゃあレナちゃんのことも悲しませちゃうんだよね。

〝自分らしく〟生きてないんだよね。

きっと演劇を最高のものにしたら、その演劇をあたしはレナちゃんと一緒に最高に楽しめる。

あたし自身も、大切な人も二人とも幸せにできる。

これこそが〝自分らしく〟生きるってことでしょ！

だったら――もうやるしかないよね！

あたしは覚悟を決めると、すぐにレナちゃんに電話をかけた。

◇◇◇

「ウチに用って、なに？　まだウチに文句でもあんの？」

翌日の昼休み。あたしは絵里《えり》ちゃんたちに頼んで、涼葉《すずは》ちゃんを校舎裏に呼び出してもらった。正直、来ない可能性も充分あると思ってたけど、絵里ちゃんたちが頑張って説得してくれたのか、こうして来てくれた。

校舎裏にした理由は教室で話そうとして、また何か大ごとになったら困るから。

いまこの場には、あたし、レナちゃん、涼葉ちゃん、絵里ちゃん、結衣《ゆい》ちゃんがいる。

涼葉ちゃんは、めっちゃ機嫌悪そうだった。

同時に、あたしの手が少し震え出した。復学して以来、一度も嫌がらせをされていないとはいえ、さすがに彼女への恐怖は消えていないみたい。

すると、隣にいるレナちゃんがギュッと手を握ってくれた。これだけで、すごく安心してしまうから、あたしはもうレナちゃんがいないと生きていけないのかもしれない。

「涼葉《すずは》ちゃんに頼みごとがあるだけだけど、文句も言った方がいい？」

手を繋《つな》いだまま、レナちゃんが涼葉ちゃんに伝えてくれる。

……かなり喧嘩《けんか》口調だけど、しょうがないよね。

昨晩、レナちゃんに電話で涼葉ちゃんに小道具作りを協力してもらうことを提案したら、当然のごとく、ものすごく反対されたけど、あたしが何度も必死に頼んだら、なんとか承諾してもらえた。けれど、レナちゃんの口ぶりからして、やっぱり涼葉ちゃんに小道具作りを頼むのは嫌みたいだね。

「頼みごと？　ふざけてんの？　あんたらの頼みなんて──」

「まあまあ涼葉っち」「聞くだけ聞いてみようよ、涼葉」

涼葉ちゃんが怒りそうになるのを、絵里《えり》ちゃんたちが宥《なだ》めてくれる。

すると、一応涼葉ちゃんは聞いてくれる気にはなったみたい。

すごく恐《こわ》い顔してるけど……。

あたしは深呼吸をする。そんなあたしをレナちゃんが心配そうに見てるけど、あたしは大丈夫と伝えるように笑った。

きっとレナちゃんなら、恐がっているあたしの代わりに涼葉ちゃんの小道具を作って欲しいと頼んでくれるけど、それじゃあダメだ。

そもそも演劇のこともレナちゃんのためとはいえ、半分あたしのワガママだし、涼葉ちゃんに小道具を作って欲しいというのも、あたしのワガママ。

だったら、ここはあたしの口から涼葉ちゃんに頼むべきだと思う。

それに、このまま涼葉ちゃんに怯《おび》えたままだと〝自分らしく〟生きられないと思うから。

「あ、あのね……その、涼葉ちゃんに小道具を作って欲しいの」

鼓動が激しくなりながらも、あたしはなんとか伝えることができた。

「は？　意味わかんないんだけど」

「ちょっと！　なにその言い方――」

涼葉ちゃんの態度にレナちゃんが怒ろうとするけど、それをあたしが手で制す。

いま必要なのは、涼葉ちゃんとしっかりと対話することだから。

「ごめん、言葉足らずだったね。実は今度ね――」

それからあたしは涼葉ちゃんに、いまレナちゃんがクラスメイトたちから恐がられていること。彼女の印象を変えるために演劇をしようと思っていることを伝えた。

「つまり、その演劇の小道具作りを涼葉っちにして欲しいってことだよね？」

「いいじゃん涼葉！　やってみなよ！」

結衣《ゆい》ちゃんが涼葉ちゃんにそう言ってくれる。

「嫌よ。なんでウチがそんなことしないといけないの？」

「だって去年の文化祭でお化け屋敷のセットとか、ほとんど涼葉《すずは》ちゃんが作ってたし。しかも全部すごい完成度だった。だから涼葉ちゃんにお願いしたいなって」

あたしが真剣に伝えると、それでも涼葉ちゃんはやりたくないみたいで目を逸《そ》らした。

「……別に、他の人に頼んだらいいじゃない」

「涼葉ちゃんが一番いいと思うから、頼んでるんだよ」

もう一度伝える。すると、今度は涼葉ちゃんは黙ってしまった。

今まで頑《かたく》なにやりたくないと言っていたのに、何か心境の変化でもあったのかな。

とにかく、この機会を逃すわけにはいかない。

それから、あたしは決め手になるような言葉を探して——。

「それにね、あたしは敵役が倒される展開よりも、敵役が仲間になる展開の方がめちゃめちゃ好きなんだよね！」

涼葉ちゃんに伝えた。まさに完璧な一言でしょ！

そう思っていたら、なぜか涼葉ちゃんがクスっと笑ったんだ。

「え、なにかおかしかった？」

「だって今から説得する相手のことを、敵とか言う？　それに一年生の時に、ダークヒーローが好きとか話してたでしょ？　そのこととか思い出して、知英《ちえ》ってそこまでダークヒーローが好きなんだって思ったら、なんかおかしくなっちゃって」

「……お、覚えてたんだ」

当然、忘れられているのかと思っていた。あたしがダークヒーローの話をしたとき、涼葉ちゃんはものすごく嫌がっていたし。

「もちろん覚えてるわ。だってウチはヒーローが嫌いだからね」

涼葉ちゃんの言葉に、その場にいるみんなが驚いた。きっとあたしやレナちゃんだけじゃなくて、付き合いの長い絵里《えり》ちゃんたちも知らなかったことなんだろう。

「でもいいわ。あんたたちの演劇、手伝うことにする」

「え、いいの？」

あたしが訊《き》くと、涼葉ちゃんはこくりと頷《うなず》いた。

ありがたいけど急にどうして……いや、それよりもヒーローが嫌いって……。

色々と疑問を抱いていたら、レナちゃんが涼葉ちゃんを怪しむように見ていた。

「涼葉ちゃん、まさか何か企《たくら》んでないよね？」

「別に何もないわよ。それとも手伝って欲しくないの？」

涼葉ちゃんの言葉に、レナちゃんはぐぬぬ、と悔しそうな表情をする。

もし涼葉ちゃんが嫌がらせとかをしたいなら、そもそもあたしたちの頼みを断ればいいだけだし、それはさすがに疑いすぎだと思うけど……。

でも、レナちゃんがあたしのことを守ろうと思ってくれたから、ちょっと嬉《うれ》しくなっちやう。

「涼葉《すずは》ちゃん、あたしたちの頼みを聞いてくれてありがとう」

「……別にウチは」

あたしの言葉に、涼葉ちゃんは気まずそうな表情を浮かべていた。

……どうしたんだろう。

それに涼葉ちゃんは最初こそ嫌がっていたものの、その後は割とすんなり頼みを受け入れてくれた……なんか意外だったな。

正直、涼葉ちゃんを説得するには、もっと時間がかかると思っていたから。

レナちゃんみたいに何か企《たくら》んでいるとは思ってないけど……それでも何かあるのかな。

そんな疑念を抱いたまま、あたしたちは校内に戻った。

◇◇◇

放課後。あたしたちは早速、あたしの家に集合して、あたしの部屋で小道具を作ってみた。もちろん涼葉ちゃんはいるけど、絵里《えり》ちゃんたちも手伝いたいらしくて、それならと一緒にあたしの家に来ている。

家にはママがいて、涼葉ちゃんがあたしに嫌がらせをしていた子って知っていたから、ものすごく心配してくれたけど、あたしが大丈夫ってなんとか説得した。

　それでもまだ心配していたから、ちょっと申し訳なく感じた。

「ほら、こんな感じでどう？」

　あたしの家に来て、一時間くらい。

　涼葉ちゃんが完成した主人公の武器である銀色の剣を見せてくれたんだけど……。

「すごい!! すごすぎるよ!!」

　完璧な銀色の剣を見て、あたしは興奮気味に言った。

　とにかく見た目がすごくカッコいい！　一応、あたしの設計図通りに作ってくれたんだけど、ぶっちゃけそれ以上のカッコよさだった。

「すごいね涼葉っち！」「まじでやばいわ！」

　絵里ちゃんたちも、あたしと同じようにテンションが高くなっている。

「やっぱり涼葉ちゃんに頼んで良かった！」

「そんなに褒めるな」

　そう言いつつ、涼葉ちゃんは頬《ほお》を赤くしていた。彼女は誰かに褒められたら、結構乗り気になるタイプなんだけど……さすがに今回は恥ずかしかったみたい。

「まああだね。ちなみに、私の剣の方が百倍カッコいいけど」

「そのボロボロのやつの、どこがカッコいいのよ……」

張り合うレナちゃんの手にはボロボロで、ちょっと不気味な剣みたいなものが握られていた。それを見て涼葉《すずは》ちゃんは少し呆《あき》れている。

「このカッコよさがわからないなんて。涼葉ちゃんはダメだなぁ」

「レナってこの前まで他人の顔色を窺《うかが》ってばっかりだったのに、随分と言うようになったわね」

「涼葉ちゃんみたいな人に我慢するのが、バカみたいに思えてきただけだよ～」

「あんたねぇ……！」

レナちゃんと涼葉ちゃんの視線が、バチバチとぶつかり合う。

うわぁ、いつの間にか喧嘩《けんか》しそうになってる!?

あたしと絵里《えり》ちゃんたちですぐに二人を宥《なだ》めたあと、あたしたちは新しい小道具作りをすることにした。

何か作業をしていた方が、レナちゃんたちが喧嘩しなさそうだし。

そうしてあたしたちは暫《しばら》く、黙々と小道具作りをする。

「知英《ちえ》ちゃん、ダンボールとかある場所って隣の部屋だよね？」

レナちゃんの質問に、あたしは頷《うなず》く。

隣の部屋は元々、空き部屋だったんだけど、昔からあたしがダークヒーローの仮面とかを手作りしていたから材料がいつも必要で、そんなあたしのために両親が空いていた部屋

を材料置き場にしてくれたんだ。

「涼葉《すずは》ちゃん、私がいないからって知英《ちえ》ちゃんを恐《こわ》がらせたら承知しないから」

「そんなことしないわよ」

涼葉ちゃんはため息をつきながら言うけど、レナちゃんは涼葉ちゃんと威嚇するように睨《にら》む。なんなら睨んだまま部屋から出て行った。

過保護だなぁ……と思いつつも、あたしはちょっと恐いと思っちゃってるけど。

「あーしもダンボール取りに行こ～」「私も～」

絵里《えり》ちゃんと結衣《ゆい》ちゃんもそう言うと、部屋から出て行ってしまった。

……涼葉ちゃんと二人きり。ど、どうしよう。

「ねえ知英」

「は、はいっ!?」

急に涼葉ちゃんに呼ばれて、あたしは声が裏返りながら返事をした。

も、もしかして本当に恐いことされる？　なんて思っていたら、

「どうしてウチに、こんな頼みごとしたの？」

涼葉ちゃんがそんなことを訊《き》いてきた。頼みごとって、小道具作りのことだよね？

「その……さっきも言ったよ。あたしが知っている中で、涼葉ちゃんが一番小道具とか作るのが上手《うま》いからだよ」

「それはそうだけど……ウチのこと、恨んでるんでしょ？」

この質問に、あたしはどう答えるべきか悩んだ。

そんなことないって、嘘《うそ》をついても良かった。というか、今後の作業を円滑にするためにそうしようと思っていた。あと変なことを言ったら、キレられそうで恐いし……。

けれど言葉にする直前、涼葉ちゃんの真剣な顔を見て、なんとなくここは嘘をつくべきじゃないなって感じた。

むしろ、本心をぶつけるべきかもって思ったんだ。

「そうだね。涼葉ちゃんのことはものすごく恨んでるし、ものすごく嫌いかな」

ちょっと緊張しながら言うと、涼葉ちゃんはビクッと体を震わせる。

これは怒っている……というより、少し怯《おび》えている？

「……まあそうよね」

涼葉ちゃんは目を伏せて、落ち込んでいるように見える。

ひょっとして、今までのことを悔いているのかな……。

「ウチの話、少しだけ聞いてもらえる？」

不意に涼葉ちゃんが訊いてきた。それにあたしは少し驚いたけど、聞かなくちゃいけない気がして、頷《うなず》いた。

「昼にさ、ウチはヒーローのことが嫌いって言ったでしょ。あれ、実はウチのお父さんが原因なんだ」

「涼葉《すずは》ちゃんのお父さん？　どうして？」

「ウチのお父さんはね、子供向けの戦隊モノとかを扱う、特撮監督だから」

涼葉ちゃんが明かすと、あたしはものすごく驚いた。

だって、そんなこと今まで一度も聞いたことがなかったから。

涼葉ちゃん曰《いわ》く、これは絵里《えり》ちゃんたちも知らないらしい。

それから彼女はヒーロー嫌いになった原因を詳細に話し始めた。


涼葉ちゃんのお父さんは特撮監督で仕事が忙しく、涼葉ちゃんが小さい頃からほとんど家に帰ってこないらしい。一方、涼葉ちゃんの母親もキャリアウーマンで仕事が大変で、たまにしか家に帰ってこられない。

そのせいで絵里ちゃんたちから聞いたように、涼葉ちゃんは学校から帰っても、ほとんどは家政婦さんといるか、一人きりか。誕生日もクリスマスも、たまに母親だけいることがあっても、家族全員が揃《そろ》ったことは一度もない。

お父さんはヒーローを生み出して、子供たちを楽しませている。

けれど、涼葉ちゃんにとってヒーローは邪魔でしかなかった。

だってヒーローさえいなければ、お父さんはもっと家に帰ってきてくれて、誕生日もクリスマスも一緒に過ごせたかもしれないから。

だから涼葉ちゃんはヒーローが嫌いだし、そんなヒーローを仕事にしているお父さんのことも嫌いだ。

「知英《ちえ》ってさ、いつもレナのことを気遣って守ろうとしていたでしょ」

ヒーローが嫌いな理由を話し終えると、あたしにそう言ってくる。

その通りだけど、涼葉ちゃんにバレてたんだ……。

「それがさ、ウチにとっては嫌いなヒーローみたいに見えてさ」

「……ひょっとして、それであたしに嫌がらせをしたの？」

気になって訊《き》いてみたけど、涼葉ちゃんは首を左右に振った。

「最初の嫌がらせはあたしの性格が悪いだけ。毎日、帰っても相変わらずずっと一人きりで……ただの言い訳だけど、イラつかない日なんて一日もなかった」

涼葉ちゃんはそう話したあと「でも」と言って、話を続けた。

「それから知英がダークヒーローが好きって聞いて……ウチが好きな人がヒーローみたいな知英に告白して……あたしはやっぱり家に帰ってもずっと独りぼっちで……もうわけわかんなくなって」

そうして、涼葉ちゃんの嫌がらせはどんどんエスカレートしていって――あたしは耐えられなくなってしまった。

「子供の頃からずっと思っているんだ。ウチってどうしようもなくダメな人間なんだって」

涼葉《すずは》ちゃんが反省するような言葉を口にした。

直後、彼女は涙を流しながら、ようやく言ってくれたんだ。

「……知英《ちえ》、ごめんなさい」

何に対して、なんて聞かなくてもわかる。

きっとあたしにしてきた全てのことに対して、謝っている。

ずっとヒーローが嫌いなのに、どうして演劇を手伝ってくれるんだろうって思っていたけど……きっとそうすることで涼葉ちゃんは、今までのことを少しでも償おうとしているんだ。

涼葉ちゃんは小さい頃から独りぼっちで、たぶんそれが原因で性格とかこじれちゃって、そんな自身のことがダメだとわかっていて……。

涼葉ちゃんがあたしにしたことは最低なことだと思っているけど……でも、あたしは涼葉ちゃんに伝えなくちゃいけないことがある。

「あたしはね、涼葉ちゃんのこと嫌いだけど、涼葉ちゃんのいいところも知ってるよ」

それからあたしは、涼葉ちゃんに彼女のいいところを伝えた。

遊びの約束をした時、必ず遊びの計画を考えてきてくれること。

たまにカフェでアイスクリームを分けてくれること。

試験前に、あたしが苦手な科目の勉強を教えてくれること。

体育祭のドッジボールで、運動が苦手なあたしが怪我《けが》をしないように守ってくれたこと。

ナンパ男に絡まれた時、撃退してくれたこと。

他にも沢山、涼葉ちゃんのいいところはある。正直、涼葉ちゃんのことはいい人だとは思えないけど、それでもいいところは沢山あるんだよ。

だからね――。


「あたしはいつか涼葉ちゃんと、ちゃんとした友達になれたらいいなって思ってる」


そう伝えると、涼葉ちゃんは驚いたように固まったあと――さらに涙が溢《あふ》れた。

「……ごめんなさい。ごめんなさい。今まで本当にごめんなさい」

涼葉ちゃんは泣きながら、何度も謝る。

「正直、いまはまだ許せないよ。……でも、もう一回言うけど、いつかちゃんと友達になろう」

あたしがまた伝えると、涼葉ちゃんは小さくこくりと頷《うなず》いた。

これで少しは……いや、もう涼葉《すずは》ちゃんのことは恐《こわ》くないかな。

「とりゃ〜！」

不意にレナちゃんが声を上げて、部屋に入ってきた。

「絵里《えり》ちゃんたちが体を押さえるから、もう疲れたよ！」

レナちゃんは背中を伸ばしながら、そう言う。

「それは二人が喋《しゃべ》っているのに、レナっちが入ろうとするから」

「そうだよ、せっかくいい感じなのに」

「だって知英《ちえ》ちゃんが涼葉ちゃんと二人きりなんて心配になるに決まってるでしょ！　そもそも二人きりにさせたいからって、私が材料を取りに行ったタイミングで絵里ちゃんたちも部屋を出るなんて、あり得ないよ！」

レナちゃんの言葉に、絵里ちゃんたちは気まずそうな顔をする。

どうやらあたしと涼葉ちゃんが二人きりになったのは、仕組まれたものだったみたい。

「まさかレナっちがこんなに凶暴になるなんて」「まるで猛獣だよね〜」

「誰が猛獣じゃ！」

レナちゃんはぷんぷん怒ったあと、涼葉ちゃんに目を向ける。

利那、涼葉ちゃんは恐がるように体を震わせた。

「私も涼葉ちゃんのことはものすごく嫌いだよ！」

レナちゃんは堂々と言い放つ。

ええ!?　せっかくあたしと涼葉ちゃんが仲直りしたところなのに、いま言うの!?

そう思っていたら――。

「でも、謝ったのは偉いと思う！　自分が悪いと思っていても、ちゃんと謝れる人ってなかなかいないからね！」

レナちゃんが笑ってそう言ってくれたんだ。

さすがあたしのレナちゃんだ～！

「そ、その……レナ。ご、ごめ――」

「言っとくけど、私には謝らなくていいから！　だって私は水鉄砲で涼葉ちゃんに勝ったからね！」

きっとあたしが学校に行けなかった時にやり合った時のことや他にも今まで沢山我慢させてしまったことで涼葉ちゃんが謝ろうとすると、レナちゃんは自慢げに言葉を返した。

それに涼葉ちゃんは思わず笑ってしまう。

「なにそれ、意味わかんない」

「意味わかんなくていいよ～」

そんな二人の笑顔を見て、あたしはようやく涼葉ちゃんのことの全てが終わったんだなって安心した。

「そういえば涼葉《すずは》ちゃんが小道具とか作るのが得意なのって、お父さんが特撮監督なのと関係あったりするの？」

「まあね。子供の頃、お父さんの気まぐれで本当にたまに撮影現場に連れていってもらえることがあって、そしたら道具作りとか手伝わされて……」

それで何回か仕事を手伝っているうちに物作りに興味を持ち始めて、自分で色々作るようにもなり得意になったらしい。

あたしも子供のときから色々作ってるけど、涼葉ちゃんみたいに上手《うま》く作れないよぉ。

……でも、いまの話を聞く感じ、涼葉ちゃんのお父さんは涼葉ちゃんのことを全く気に掛けていないってわけじゃないのかな。わかんないけど。

「ていうかウチの話よりも、演劇の準備をした方がいいんじゃないの？」

涼葉ちゃんの前向きな発言に、あたしはちょっと嬉《うれ》しくなった。

涼葉ちゃんのことは一件落着したし、あとはレナちゃんがクラスメイトたちに恐《こわ》がられていることを解決するだけだ。

「よし！　じゃあ作業を進めよっか！」

気分良くなっちゃったあたしが声を掛けると、みんなが「おー!!」と返事をしてくれた。

涼葉ちゃんは少し恥ずかしがっていたけどね。

それからあたしたちは、演劇に向けて作業をしていった。

演劇をする場所、日付、時間帯も決めた。

寸劇だからセリフは少ないけど、セリフ合わせもして――本番を迎えたんだ。

◇◇◇

「これより七瀬《ななせ》レナと胡桃知英《くるみちえ》による演劇を開演します！」

教室。教卓の前で絵里《えり》ちゃんが宣言する。

すると、クラスメイトたちはみんな戸惑っていた。

それもそのはず。だって、いまは授業中だからね。

じゃあなんで授業中に演劇をしようとしてるのかっていうと、いまは自習の時間だからだよ。

担任の佐藤《さとう》先生の数学の授業なんだけど、試験期間まで残りの授業は自習と言われていたから、今日が自習になることは予測できた。

さらに佐藤先生は自習の時間はなぜかいつも教室にいないし、隣のクラスは別教室での授業だから、演劇をやってもすぐに誰かに何かを言われることはない。

そういうことで、あたしたちはみんなで今日の自習時間に演劇をすることを決めたんだ。

寸劇だから、きっと先生たちが気づく前に公演は終わらせられるからね。

「レナちゃん、緊張するね！」

廊下で教室のドアに付いているガラス越しに中の様子を眺めながら、レナちゃんに話しかけた。

「うん！　でも、なんかワクワクしちゃう！」

レナちゃんがこっちを向いて笑うと、あたしも自然と笑っちゃった。

ちなみにレナちゃんの片手には、手作りの剣が握られていて……でも服装は制服の上にパーカーを着ている。

もっと小道具を使って、カッコいい感じにしようと思ってたんだけど、レナちゃんが「この可愛《かわい》いパーカーを私のトレードマークにしたい！」と言ったから、じゃあいつもの服装でやろうってなったんだ。

レナちゃんのための演劇だからね。レナちゃんがやりたいようにやらせてあげたい。

一方、あたしはカッコいい黒の被《かぶ》りものと黒いマントを纏《まと》って、まさに悪役みたいな格好をしている。

「演劇のタイトルは『ホワイト・パーカー』です！」

教室の中で、絵里《えり》ちゃんがタイトルを言った。

刹那、クラスメイトたちがどんな演劇なんだ!? みたいなリアクションをしていて、ちょっぴり面白い。本当はもっとカッコいいタイトルにしようと思ったんだけど、レナちゃんがパーカーを着たいってこともあって、みんなでこのタイトルに決めた。

……まあ涼葉《すずは》ちゃんたちは微妙な反応で、でもあたしとレナちゃんが強引に通したみたいな感じだったけど。あとついでに、脚本も少しいじったかな。

タイトルを聞いた時の反応を見るに、結構クラスメイトたちの興味を引けている。

これなら演劇をやっても、ちゃんと盛り上がりそうだね。

今から絵里ちゃんによって『ホワイト・パーカー』のあらすじが語られる予定。今回は寸劇で戦闘シーンだけを演じるから、事前にどういう話か説明する必要があるからね。

ところで、どうして絵里ちゃんがみんなの前で進行みたいなことをしているのかというと、絵里ちゃんの声が可愛いから。

普段はなんかギャルっぽい話し方だからわかりづらかったけど、よく聞いたら絵里ちゃんの声って聞き取りやすいし、可愛いよね！　って、あたしたちの意見が合って、それで絵里ちゃんが進行役をすることに決まったんだ。

そうして絵里ちゃんも結構やる気満々で引き受けてくれたし。

絵里ちゃんは可愛い声で、みんなにあらすじを話し始めた。

あらすじはざっくり説明すると、舞台はロサンゼルスで、主人公の少女——レナ・ナナセが正義のヒーロー『ホワイト・パーカー』になって、街を破壊したりして悪を働く『ブラック・チエ』と戦うというお話。

もちろん『ホワイト・パーカー』はレナちゃんが演じて『ブラック・チエ』はあたしが演じる。

「ではみなさん『ホワイト・パーカー』を最後まで楽しんでください！」

絵里《えり》ちゃんがあらすじを語り終えてからそう言ったあと、絵里ちゃんと涼葉《すずは》ちゃんが教卓を端へ動かして、結衣《ゆい》ちゃんが窓際のカーテンを閉めた。

また絵里ちゃんが話している最中に、あたしとレナちゃんが教室のドアのガラス部分に黒の画用紙を貼り付けたから、いま教室の中は真っ暗だ。

なお、あたしとレナちゃんは、涼葉ちゃんたちが教卓移動やカーテンを閉めている時に、教室内にこっそり入っているから、中の様子はばっちり見えている。

すると教室の前方だけが、あらかじめセットしていた小型のスポットライトによって照らされた。スポットライトは涼葉ちゃんの家に、昔、涼葉ちゃんのお父さんが仕事で使っていたものが余っていたらしくて、持ってきてもらったんだ。

あたしとレナちゃんはまたお互いに見合って、笑った。

そして、二人して照らされている方へ向かって行って――演劇が始まった。

「我の野望を何度も邪魔をするとは！　忌々《いまいま》しいヒーロー！　ホワイト・パーカーめ！」

あたしは目の前にいるレナちゃん――ホワイト・パーカーに向かって言い放つ。

バレないようにチラッとクラスメイトたちの方を見てみると、意外にもみんなちゃんと演劇を観《み》ようとしてくれていた。よし、これはいいね！

「何が野望だよ。強い力を使って街を破壊ばかりするオマエの野望なんて、どうせ大したものじゃないだろ？」

ホワイト・パーカーが男勝りな口調で、あたしに言ってみせた。

ホワイト・パーカーは女子のヒーローだけど、敢《あ》えて男っぽい口調にしている。

その方がレナちゃんの演技力がわかりやすく見せつけられると思ったから。

おかげでクラスメイトたちも、レナちゃんのセリフを聞いて驚いていた。

「大したものじゃないだと？　そこまで言うなら特別に我の野望を聞かせてやろう！」

そこであたしはもったいぶるように間を空けて――。

「我の野望はロサンゼルス征服なのだ！」

「いや、めっちゃしょぼいじゃん!?」

ホワイト・パーカーにツッコまれた。刹那、クラスメイトたちがクスクスと笑い出す。

「そこは頑張って世界征服とか言わないの!?」

「そこまでするのは面倒くさいのだ！」

「そんな堂々と言われてもなぁ……」

ホワイト・パーカーが呆《あき》れたように言う。またクラスメイトたちが笑い出した。

やっぱりアメコミっぽくするには笑いも必要だよね。上手《うま》くいって良かった。

「とにかく！　そんなしょぼい野望のために街を破壊させるわけにはいかない！　今日こそブラック・チエを倒す！」

「来い！　こっちこそ憎きヒーローを倒してやるわ！」

それからホワイト・パーカーとブラック・チエによる戦闘が始まった。

あたしが黒の剣で斬りかかると、レナちゃんはそれを銀色の剣で受け止める。

刹那、カキンッ！　と金属音が響いた。

もちろん剣は二本ともダンボール製だから、こんな音は鳴らない。

じゃあどうして金属音が聞こえたかというと、剣が打ち合わさった瞬間に結衣《ゆい》ちゃんがノートパソコンを使って鳴らしたんだ。

金属音自体も結衣ちゃんがネットにあったフリー素材を見つけてきてくれた。

涼葉《すずは》ちゃんは小道具製作、絵里《えり》ちゃんは進行役をやるから、結衣ちゃんも何かちゃんと役に立ちたいって言ってくれて。

そういうことならいい音を見つけてきて欲しい、ってあたしが頼んだ。

何度も剣が打ち合うたびに、激しい金属音が鳴る。

なんならより迫力が出るようにと、金属音と同時に爆発するような音も響く。

それにクラスメイトたちは「おぉ！」と感動しているみたいだった。

結衣ちゃん、最高だよ～！

「……はぁはぁ。相変わらずムカつくヒーローだな！」

「……はぁはぁ。そっちこそ、そろそろ倒されてくれない？」

お互いに息を荒くしながら、言い合う二人。

クラスメイトたちは演劇にすっかり夢中になっている。

そんな最高のタイミングで、本当に最後の戦闘が始まった。

「あぁ！　もう鬱陶しい！　今から我の最大威力の攻撃でオマエを消し炭にしてやるわ！」

「いいねぇ！　じゃあ私も最高の必殺技でブラック・チエのことを倒すよ！」

それから二人はお互いに力を溜《た》めるような動作を始めた。

同時に、特殊音が鳴り響く。もちろん、これも結衣ちゃんがやってくれている。

特殊音のおかげか、教室内の空気が緊張感に包まれて――。

「ハァァァァァァァ!!」

「とりゃややややや!!」

再び二人の剣が激突した。同時に今までで最も激しい爆発音。

直後、ホワイト・パーカーとあたしは交差して。

あたし――ブラック・チエが倒れた。

ホワイト・パーカーが勝利を確信したように剣先を天へ向ける。

これで物語は終わりだ。

クラスメイトたちもそれを察したのか、みんなが揃《そろ》って拍手をしてくれた。

良かった。これでレナちゃんの印象もきっと変わるはず。

……本当に良かった。

倒れながら、あたしは心の底から安心していた。

けれど――。

次の瞬間、ホワイト・パーカーがあたしの腰に手を当てて上半身だけ持ち上げた。

えっ!? な、なに!?

そんな風に戸惑っていると、ホワイト・パーカーがこんな言葉を掛けたんだ。

「これからは私と一緒に世界を守ろうよ！ また敵が出るかわかんないけどね!!」

ホワイト・パーカーは太陽みたいに笑っていた。

あぁ、そっか。ホワイト・パーカーは……レナちゃんは完璧なハッピーエンドにしようとしているんだ。

決して誰も不幸になったりしない、みんなが幸せになれるようなハッピーエンドにしようとしているんだ。

IKU YO!!
P!
HA HA!!
THWIP!
ya!
Clang
THWIP!
Cheese!
THWIP!

そして、あたしはこくりと頷《うなず》いたんだ。

だって、この結末の方がいいって思ったから。

再びクラスメイトたちが拍手をしてくれた。

それはさっきよりも遥《はる》かに大きくて——最高だった!!


こうして、あたしたちの演劇は大成功した。

ヒーローを完璧に演じてみせたレナちゃんのイメージは良くなって、涼葉《すずは》ちゃんたちも演劇に関わっていたことを話したら、みんなが彼女たちのことも沢山褒めてくれた。

自分で言うのもどうかと思うけど、あたしのこともみんな褒めてくれたよ。

すごく、すごく嬉《うれ》しかった!!


けれど、そうやって教室で騒いでいたらさすがに他の先生たちが来ちゃって、あたしたちは涼葉ちゃんたちも含めて、それはもうめちゃくちゃに怒られた。

でも怒られたあと、あたしたちすっごいバカで楽しいことしたねって、なんかおかしくなっちゃって、五人で笑い合えたから別にいいやってなったよね。

ちなみに自習時間の度にバレないように外でスマホゲームしたりして休憩していた佐藤《さとう》先生は数ヵ月の停職になったみたい。まあどうでもいいけど。

あとね、演劇が終わる時。沢山の拍手に包まれて、今までにないくらいに鼓動が速くなって、全身が震えるぐらい心を打たれて、あたしは思ったんだ。

きっとあたしは――。

その時、ふと隣を見るとレナちゃんは拍手してくれているクラスメイトたちに夢中で――それだけでわかった。

レナちゃんも見つけたんだね。

◇◇◇

演劇を行った日から約一週間後。

あたしは長期休み前の試験を終えて、夏休みに入っていた。

ちなみにあたしは特に勉強が得意とかじゃないから、全部平均点くらい。

レナちゃんも同じくらいかな。絵里《えり》ちゃんと結衣《ゆい》ちゃんは何教科か赤点を取っちゃったみたいで、夏休みに補習があるみたい。

涼葉ちゃんはあたしたちの中で一番頭が良くて、学年で一桁順位を取っていた。

そうして夏休みに入って初日。

あたしは早速、レナちゃんをあたしの家に招待して一緒に映画を観《み》ていた。

演劇が終わったら休みの日に一日中、映画を一緒に観ようって約束してたからね。

そんなあたしたちのために、ママたちは理央《りお》と一緒に遊園地に出かけているから、今日は言葉通り一日中リビングのテレビでレナちゃんと映画を観れる！

そうしてレナちゃんと一発目に観たのは『バレット・ヒーロー』だ。

これも二人ともそれぞれ一度は観た作品だけど、一緒に観ようって約束していたから。

「いや〜二回目でも面白いね！　特に主人公のバレットマンの戦闘シーンがめっちゃカッコいい！」

『バレット・ヒーロー』を観た直後、レナちゃんが興奮気味に語っていた。

以前までは、あたしが熱弁してレナちゃんが聞いてくれるみたいな感じだったのに、いつの間にかあたし並みにダークヒーローに……というより、映画にハマってしまったみたいだね。

「そうだね！　でも、演劇のときのレナちゃんの方がカッコよかったけど！」

「っ！　び、びっくりした！　急に褒めないでよ〜！」

レナちゃんは顔を赤くしていて……めっちゃ可愛《かわい》い！

じゃあもっと褒めてやろうかな〜。なんて考えていたら——。

「知英《ちえ》ちゃん、ありがとう！　知英ちゃんのおかげで、クラスメイトたちとも仲良くなれたし、友達も沢山できたよ！」

レナちゃんが笑顔で感謝をしてくれた。でもその笑顔は、いつもみたいに元気溢《あふ》れるものとは少し違って、優しかった。

レナちゃんが言った通り、演劇によって印象が良くなったからか、それともレナちゃんの演技がカッコよかったからか、クラスメイトたちがレナちゃんによく話しかけるようになって沢山友達ができていた。

ちなみに、あたしにもクラスメイトたちは沢山声を掛けてくれるようになって、あたしも友達が増えた。だからこうしてレナちゃんが喜んでくれるのは嬉《うれ》しいし、あたしも友達が増えて嬉しい……けど。

「あたしはレナちゃんといつでも二人きりみたいじゃなくなって、ちょっと寂しいかな」

つい言ってしまった瞬間、しまったと思った。せっかくレナちゃんに沢山友達ができたのに、こんなこと言ったら感じ悪いよね。

そう思っていたら、レナちゃんが抱きしめてくれた。

「大丈夫！　私が一番大好きなのは知英ちゃんだけだから！」

レナちゃんに言われて、心がすごく温かくなる。嬉しすぎるよ……。

「あたしもだよ！　あたしも一番レナちゃんが大好き！」

あたしも自分の気持ちを素直に伝えた。そうしたら、レナちゃんが嬉《うれ》しそうな表情を浮かべてくれたんだ。やばい、なんかニヤニヤしちゃいそうだ。

「ねえ知英《ちえ》ちゃん。知英ちゃんに伝えたいことがあるんだ」

そして、このタイミングで伝えたいこと！　も、もしかして！

「告白？」

「違うよ～。でも大切なこと」

レナちゃんはクスっと笑って答えた。

そりゃ告白なわけないか。……でも大切なことってなんだろう？

疑問に思っていると、レナちゃんはちょっと緊張した表情で——伝えてくれたんだ。

「私ね、夢ができたんだ」

レナちゃんの発言に、あたしはそんなに驚かなかった。

だって演劇が終わったあと、クラスメイトたちの拍手に包まれている時のレナちゃんを見て、そうなんじゃないかって思っていたから。

「レナちゃんの夢、聞かせてよ」

あたしの言葉に、レナちゃんは大きく頷《うなず》いた。

そして——。

「私の夢はね、ハリウッド女優になること！」

レナちゃんの夢を聞いて、あたしはさすがに驚いてしまった。

正直、女優になることって言うと思っていたから。

けど、ハリウッド女優って――。

「さすがあたしの大好きなレナちゃんだね！　大きい夢だ！」

「……叶《かな》わないと思う？」

あたしが大きい夢って言っちゃったせいか、レナちゃんは不安そうに訊《き》いてきた。

でも、あたしは首を横に振る。

「あたしはレナちゃんなら叶えられると思うよ！　なんたってあたしが大好きなレナちゃんだからね！」

「なにそれ！　……でも、そっか！　なんか知英ちゃんにそう言われるだけで、すごい自信が出てきたよ！」

レナちゃんが明るくなって、あたしは安心する。

良かった、レナちゃんを励ますことができて！

「でも奇遇だな～」

「？　何が奇遇なの？」

レナちゃんの質問に、あたしは得意げに答えた。

「実はあたしもね、夢ができたんだよ」

あたしが明かすと、レナちゃんはびっくりする。

けど、彼女は嬉《うれ》しそうに笑ってくれた。

「じゃあ今度は知英《ちえ》ちゃんの夢を聞かせてよ」

レナちゃんが訊《き》いてくれると、あたしは堂々と話したんだ。

「あたしの夢はね、アメコミの映画監督になることだよ！」

あたしの夢を聞いた瞬間、レナちゃんはクスっと笑った。

「絶対にそういう感じの夢だと思った！　知英ちゃんらしいね！」

「でしょ！　アメコミの映画監督になってバンバン新しいダークヒーローを作ってみせるんだ！」

あたしが意気込むと、レナちゃんは「おぉ～！」と拍手してくれた。

レナちゃん、ノリ良いいね～！

「知英ちゃん！　二人とも夢が叶《かな》うといいね！」

「叶うに決まってるよ！　だってあたしとレナちゃんだもん！」

そんな言葉を交わして、あたしたちは笑い合った。
きっと二人とも夢ができただけで、心の底から嬉しかったんだ。
正直、あたしもレナちゃんも夢を抱く日が来るなんて思ってもいなかったと思う。
元々、二人ともそういう人間じゃなかったから。
じゃあどうして、いまのあたしたちは夢を抱くことができたんだろう。
考えてみると、答えは簡単なことだった。
いまのあたしたちが夢を抱くことができた理由。
それはね——。

〝自分らしく〟生きているから。

幕間《まくあい》

これは私――七瀬《ななせ》レナが中学三年生になって、高校受験を迎えた日の話。

本来なら受験会場まで両親の車に乗せて行ってもらうはずだったんだけど、不運なことにお母さんもお父さんも体調を崩してしまって、私はバスを使って一人で受験会場に向かっていた。お母さんもお父さんも無理にでも送るって言ってくれたんだけど、かなり具合が悪そうだったから、私が断ったんだ。

受験会場に行くくらい、少し心細いけど一人でも大丈夫だからね。

そうして私は受験会場までの行き方を調べて、少し迷ったけどなんとか調べてきたバスに乗れて、あとは受験会場の最寄りのバス停で降りるだけだったんだけど……。

「す、すいませーん！　通してくださーい！」

目的のバス停に着いたのに、バスがめちゃ混みで全然降りられないよぉ。

もしこのままバスが行っちゃったら……いや、さすがに私の声を運転手さんが聞いてるはずだし、そんなことは――と思っていたら、バスの扉が閉まっちゃった。

うわぁ、まずい!?　めちゃめちゃまずーい!?

そんな風にかなり焦っていると――誰かに手を引っ張られた。

えっ、なになに!?　突然の出来事で動揺しまくりだったけど、その誰かのおかげで私は人込みの中でもどんどん進めて――人込みを抜けてバスの一番前まで来た。

運良く、バスもまだ発車していなかった。

「すみません。降ります」

不意にそんな声がして視線を向けると、制服姿の男子が立っていた。彼が私のことを引っ張ってくれたのかな……？　それから彼に続いて、私もバスを降りることができた。

「あ、あの……」

私は男子に声を掛けようとしたんだけど、彼はなぜか逃げるように去ろうとする。

「ちょ、ちょっと！　ストップ！」「……えーと、なにかな？」

私が腕を掴《つか》んで引き止めると、男子は困ったような顔をしていた。

でも助けてくれたんだし、感謝は伝えないと。

「さっき私のことを引っ張ってくれたの、君でしょ？　その……ありがとう」

「ううん、別にいいよ。お礼を言われたくてしたわけじゃないし……じゃあ僕はこれで」

また彼は逃げるようにこの場を去ろうとする。

しかし、彼のズボンのポケットから何かが落ちた。拾ってみると、生徒手帳だった。

桐谷翔《きりたにかける》。しかも私と同い年……ってことは。

「落としたよ」「えっ……あ、ありがとう」

私は生徒手帳を彼——桐谷《きりたに》くんに渡したあと、気になったことを訊《き》いてみた。

「ひょっとして、星蘭《せいらん》高校を受験するの？」「っ！　……そ、そうだけど」

「やっぱり！　私もなんだ！」「そ、そうなんだ。……じゃあ僕はもう行かないと」

桐谷くんはそれだけ言って、さっさと行ってしまった。いきなりグイグイ行きすぎて、恐《こわ》がらせちゃったかな。ちょっと反省しつつ、少し桐谷くんのことを思い返す。

ビクビクして、こっちの反応ばかり気にして、なんか弱そうで……。

——誰かに似てるなぁ。

けれど桐谷くんはその誰かと違って、見ず知らずの私のことをちゃんと助けてくれた。

もし私も彼も受験に受かったら、同じ高校に通うことになるんだよね。

ちょっと面白いかもね！

それから私と桐谷くんは二人とも見事に星蘭高校に合格した。

そして高校に入って、私の手を引っ張ってくれた彼の手を、今度は私が引っ張ってあげることになるんだけど——それはまた別の物語。

○エピローグ

知英《ちえ》ちゃんたちと初めて演劇をした日から約一年半。私と知英ちゃんは演劇をしたことが忘れられなくて、ゲリラで寸劇をすることを繰り返した。

あと寸劇ばっかりするのも生徒たちが飽きちゃうかなって思って、たまに告白大会とかゲリライベントも二人で考えて勝手に開催した。

そのおかげもあってか知英ちゃんは入学したときからは考えられないほど人気者になって、私も自分で言うのもどうかなって思うけど、沢山の生徒たちに声を掛けられるようになったんだ。

もちろん私も知英ちゃんも、それぞれ夢を叶《かな》えるための行動も起こしていた。

知英ちゃんは涼葉《すずは》ちゃんに頼んで、特撮監督の涼葉ちゃんのお父さんから映画についての知識を学んでいた。

ちなみに涼葉ちゃんは最初の演劇が終わったあとに、両親と真剣に話し合ったら、二人とも涼葉ちゃんの気持ちを理解してくれたみたい。

おかげで涼葉ちゃんの両親が自宅でもできる仕事は持ち帰ってしたり、出来る範囲で仕事を減らしたりすることで、以前よりもだいぶ家族で過ごせる機会が増えたんだって。

一方、私はというと毎日のようにハリウッド映画を貪るように観《み》て、演技を真似《まね》てみて、それをビデオに撮って、自分で見返して――っていうのを、ひたすら繰り返し続けた。

きっと色んな努力の仕方があると思うけど、私にはこれが一番合っている気がしたんだ。

そうして私はがむしゃらに演技力を上げようとしていたら、私が住んでいる街に『夕《ゆう》凪《なぎ》』っていう一年前に立ち上げたばかりの劇団があることを知ったんだ。

その劇団は定期的にオーディションもしていて、私は受けることに決めた。

だって劇団ってことはプロの俳優の集団だから、その中で練習した方が絶対に夢に近づけるって思ったから。

そして、私は『夕凪』のオーディションを受けて――見事に合格したんだ！

以降、私は『夕凪』でひたすらに演技を磨く日々を過ごした。

もちろん学校では知英ちゃんと楽しい時間も過ごした。

そうやって残りの中学生活はあっという間に過ぎていって……。

――今日、私たちは卒業式を迎えた。


「いやぁ、なんか中学生活もあっという間だったね～」

桜並木を眺めながら、私は隣を歩いている知英ちゃんに言った。

さっき卒業式が終わって、いまはその帰り道だ。

「途中は本当に色々あったけど、終わってみれば楽しい中学生活だったよ！」

知英《ちえ》ちゃんが笑顔で応えてくれると、私も嬉《うれ》しくなる。

彼女が楽しい中学生活を送れて、本当に良かった！

「でもさ、まさか知英ちゃんが涼葉《すずは》ちゃんたちと同じ高校に行くとはね～」

「桜宮《さくらみや》女子高には映画部があるからね。あたしも涼葉ちゃんたちもそれが目的で決めたから、偶然被《かぶ》っちゃっただけだよ」

知英ちゃんはいま話したように映画部がある桜宮女子高に行くことに決まったんだけど、実は涼葉ちゃんたちも同じ高校に行くことになっている。

なんでも涼葉ちゃんは映画やドラマの美術スタッフ、絵里《えり》ちゃんは映画の吹き替え声優、結衣《ゆい》ちゃんは映画の音響スタッフになるっていう夢ができたらしい。

しかも、みんな初めて演劇をやった日に夢を抱いたんだって。

私や知英ちゃんと全く同じだね。

「レナちゃんは星蘭《せいらん》高校に行くんでしょ？」

「うん。『夕凪《ゆうなぎ》』の練習場所に通いやすいからね」

「すごいなぁ。レナちゃんはもう夢に向かって前進していて」

「知英ちゃんだって前進してるじゃん。涼葉ちゃんから聞いたよ。涼葉ちゃんのお父さんが才能あるって話していたって」

「そ、そうなの？　それは知らなかった……！」

知英ちゃんはびっくりしていた。

あれ、もしかして秘密だったのかな。……まあいっか！

「二人とも必ず夢を叶《かな》えようよ！」

私はそう言うと、知英ちゃんは「そうだね！」って強く頷《うなず》いてくれた。

それからまた少し歩いていたら――。

「ねえレナちゃん。卒業記念にあそこで一緒に写真を撮らない？」

知英ちゃんが指さした場所は、子供の頃に二人で一緒に遊んだ公園。

そこにはとても綺麗《きれい》な桜の木があった。

「あたし、今日はスマホ用の三脚持ってるからさ。どう？」

「いいね！　撮ろう、撮ろう！」

私が賛同すると、二人で桜の木の傍《そば》に並ぶ。

それから知英ちゃんがスマホを三脚にセットして、カメラアプリのセルフタイマーを設定して――二人でピースサインを作って、写真を撮った。

それから撮れた写真を二人で見てみたんだけど……。

「なんかさ微妙だよね」

「あたしも思った。特にピースサインが良くないよ」

写真に写っている私たちは、なんていうか私たちらしくなかった。

これが中学最後の写真なんて、つまんなすぎるよね。

「じゃあさ、もっと私たちらしいポーズしようよ！　……で、実はなんだけど私さ、中学二年生の時に初めて演劇をやったときに思い付いて、今まで温めてきたポーズがあってさ」

「嘘《うそ》！　その……実はあたしもその演劇の時に思い付いて、今まで隠してきたポーズがあるんだけど」

お互いの言葉を聞いたとき、きっと私たちは同じことを思った。

それなら私も知英《ちえ》ちゃんも各々のオリジナルポーズで、中学最後の写真を撮ろうって。

「じゃあいくよ、レナちゃん！」

「うん！　いいよ、知英ちゃん！」

知英ちゃんはスマホのカメラのセルフタイマーを設定してから、私の隣に並ぶ。

そして、私たちはそれぞれオリジナルポーズをして、写真を撮ったんだ。

「よし！　完璧だね！」

「うん！　めっちゃいい感じ！」

私と知英ちゃんは写真を見たあと、笑い合う。

それくらい素敵な写真だったんだ！

「レナちゃん、今まで本当に……本当にありがとね!!」

すると、急に知英ちゃんが感謝をしてくれた。

どうしたんだろう？　と思ったけど、知英ちゃんの顔を見て察した。

きっと知英ちゃんは気づいている。この先、私たちの関係がどうなるか。

これから私と知英ちゃんは、より夢に向かって集中できる環境の中に入る。

だから、きっと高校が違う私と知英ちゃんはそんなに会うことがなくなるんじゃないかって思っている。……いや、ひょっとしたら一度も会わないかもしれない。

それくらい私と知英ちゃんは、もう夢を叶《かな》えたいと強く思ってしまっているから。

「私もいつも知英ちゃんが隣にいてくれて本当に楽しかったよ!!　今までありがとう!!」

私も知英ちゃんに目一杯の感謝の気持ちを伝える。

正直、泣いてしまいそうだけど我慢した。

だって、目の前にいる知英ちゃんも我慢しているから。

「何度も言うけど……二人とも絶対に！　絶対に夢を叶えようね！」

「……うん！　絶対に夢を叶えよう！」

お互いちょっと震えた声で、それでも強く誓い合った。

なぜならこの先、私たちが会える可能性がたった一つだけあるから。

それはね——私と知英ちゃんが夢を叶えた時だよ！

◇◇◇

人生って、誰かのことを考えなくちゃいけないことって多いよね。

だって自分のことばかり考えていたら、すぐに嫌われ者になっちゃうし、そうなったらたくさんの悪口を言われたり、ひょっとしたら直接攻撃されたりして、すごく自分が傷つけられちゃう。

だから、あの頃の私はずっと誰かのことを考えながら生きてきた。

ううん、正確に言うなら、ずっと誰かの顔色を窺《うかが》いながら生きてきた。

とにかく誰かに傷つけられるのが嫌で――。

でもね、そうやって生きていた私はいつもこんなことを言われていた。

私のやりたいようにやっていいんだよ、私が言いたいことを言ってもいいんだよ、って。

どうして?

空気を読むことの何が悪いの?

ずっと誰かに合わせていく人生でも別にいいんじゃないの?

確かに情けない人生だけど、それでもそれなりに良い人生になるんじゃないの？

そう疑問に思っている私は、また言われるんだ。


〝自分らしく〟生きてもいいんだよって。


〝自分らしく〟生きるってどういうこと？

誰かのことなんて一切考えないで、自分が好きなように生きていけばいいの？

自分勝手に生きていけばいいの？

だけど、そんなことしたらみんなから嫌われちゃうよ。みんなから傷つけられちゃうよ。

そもそも私は誰かを傷つけてまで、自分がやりたいことをやりたくなんてないよ。

だってそんなことをしたって、きっと幸せにはなれないと思うから。

……でも、そう思っているはずなのに、その言葉はずっと心に引っ掛かっていたんだ。


〝自分らしく〟ってなんだろう？

それはね、自分自身はもちろん、自分の大切な人も幸せにすることだよ！

だって人生っていうのはたった一度きりで、そんな人生は他の誰でもない自分のためだけにあるものだから！

大切な友達、大切な恋人、大切な家族、そして大切な自分自身。

みんな幸せにしちゃえばいいんだよ！

そうしたらね――。

『ごめんね』って言葉を大切な人に沢山言わなくちゃいけなくて『ごめんね』って言葉を大切な人に沢山言わせてしまうような、そんな人生じゃなくて――。

『ありがとう』って言葉を大切な人に沢山伝えられて『ありがとう』って言葉を大切な人から沢山もらえるような――そんな最高の人生になるんだよ！

○エピローグ2

レナちゃんと桜の木の下で誓い合った日から約八年後。

あたしはロサンゼルスの観光地である大きな公園で、あの日みたく桜の木の下にいた。

どうしてロサンゼルスにいるのか。

それはもちろんここに住んでいて、ここで仕事をしているからだ。

そんなあたしの仕事はね——映画監督だよ。

桜宮《さくらみや》女子高に入学したあと、あたしは涼葉《すずは》ちゃんのお父さんに映画のあらゆる知識を教えてもらいつつ、映画部で長編だろうが短編だろうが何本も何本も映画を撮った。

そうして三年間、ずっと映画だらけの生活を続けたんだ。

おかげで学生のみ参加の映画祭で何回かグランプリを受賞することができた。

そしたらね、涼葉ちゃんのお父さんの知り合いに、特撮好きなハリウッド映画の監督をしている人がいるらしくて、興味本位であたしが監督をした映画を何本か観《み》てくれたんだけど……その人があたしに興味を持ってくれたみたい。

あたしの夢のことも涼葉ちゃんのお父さんから聞いていたからか、彼が立ち上げた映画制作会社に入らないかと誘われたんだ。もちろんあたしはすぐに入りたいって答えた。

両親とも相談して、二人とも心配そうにしていたけど応援するって言ってくれた。

それからあたしは高校卒業後に、アメリカに渡って、映画制作会社で最初はアシスタントみたいな感じで働いて、映画の勉強も沢山して、何度も企画も提案して——。

正直、企画は死ぬほど落ちた。何がダメなのかわからなくて沢山泣いたこともあった。

でも、それでも何度も何度も企画を考えて、提案し続けた。

そして高校を卒業してから、約四年後。

小さな映画だけど、プロの映画監督としてデビューできたんだ。

でもね。話はこれで終わりじゃないんだよ。

映画が公開されてから一週間くらい経《た》って、一本の電話がかかってきたんだ。

それはなんとアメコミ映画の製作会社からだったんだよ。

実はあたしのデビュー作は売り上げはそれなりに良くて、そしたら映画を観《み》てくれたアメコミの映画制作会社の関係者があたしに興味を持ってくれて、さらにはどこから聞いたのかあたしがアメコミが好きって知ってくれていたから、アメコミの新シリーズの映画をあたしに任せたいって依頼してきてくれたんだ。

最初は嘘《うそ》じゃないかと思ったけど、ちゃんと本当のことで……でも違う映画制作会社の映画を作ることになるから、どうしようかと思っていたんだけど、そうしたらあたしにアメリカに来るように誘ってくれた——師匠がね、もう教えるべきことは教えたから一人で頑張りなさいって、送り出してくれたんだ。

あたしは彼に心から感謝を伝えて、働いていた映画制作会社を辞めて、アメコミ映画の制作会社と契約をした。それからあたしは全力でアメコミの映画を撮った。

そして一週間前——あたしが監督のアメコミ映画が公開されたんだ。

そう！　あたしはね、夢を叶《かな》えることができたんだよ！

……でも夢を叶えることができたあたしだけど、中学の卒業式の時に言葉を交わして以来、レナちゃんとは一度も会っていない。それどころか一回も連絡をしていない。

夢を追いかけるのに必死で、それどころじゃなかったから。

それと夢を追いかけている間、一度でもレナちゃんの声を聞いてしまったら、言葉を見てしまったら、きっとあたしの心が緩んでしまう。

それくらいレナちゃんのことが大好きだから。そういう理由もあって、あたしは約八年間、レナちゃんにメッセージを送ることすらできなかった。

一方、レナちゃんからも一度も連絡は来ていない。

きっとレナちゃんも同じように夢を追いかけるのに必死だったんだと思う。

ひょっとしたら、あたしと同じようにあたしの声を聞いたり、言葉を見たりしたら、心が緩んでしまうって思っているかもしれない。もしそうだったら、ちょっと嬉《うれ》しいな。

あのねレナちゃん、あたしは夢を叶えたよ！

レナちゃんはさ、夢を――。

「久しぶりだね！　知英《ちえ》ちゃん！」

もう何年も聞いていなかったはずなのに、子供の頃からずっとあたしが大好きな人の声だとすぐにわかった。振り向くと、中学の時と同じパーカーを着た、レナちゃんがいた。

レナちゃんも、夢を叶《かな》えているに決まってるよね！

「本当に……本当に久しぶりだね」

あたしは泣きそうになりながら、レナちゃんに言葉を掛ける。

あたしのアメコミ映画が公開された日に、レナちゃんから八年ぶりに連絡が来たんだ。どこかで会おうよって。

もちろんあたしも会いたいってメッセージを返して、今日こうして会えている。

「どう？　ハリウッド女優になった私、前よりいい感じに見える？」

「前って、何年前だと思ってるのさ。何もかもいい感じになってるよ！」

けど八年ぶりでも、レナちゃんの雰囲気とかはいい意味で全然変わってないなぁ。

「やったね！　アメコミ映画の監督になった知英ちゃんも大人っぽくなって……いや、ちょっとおじさんっぽくなったかな？」

「ちょっと〜それはひどいよ〜」

あたしが言うと、レナちゃんはクスっと笑った。こんなやり取り、本当に懐かしい。

「知英ちゃん。私、夢を叶えたよ！」

「うん！　あたしも夢を叶えたよ！」

二人して約束を守れたことを報告し合って、笑い合った。

この時、きっと二人とも幸せそうな笑顔をしていたと思う。

「立ち話もあれだし予約取ったお店に行こっか！　チーズのお店で良かったんだよね？」

「うん！　大人になって大好物になったからね！」

高校生くらいまでは味噌煮込《みそにこ》みうどんでしか食べられなかったけど、大人になったいまは味覚が変わったからかすっかり大好物になっちゃったんだよね。

チーズといえば……で思い出すのは失礼かもしれないけど、涼葉《すずは》ちゃんたちとは今でもたまに連絡を取り合っていて、みんな夢を叶えることができたみたい。

友達が夢を叶えたら、自分のことのように嬉《うれ》しいよね！

そんなことを考えていたら、レナちゃんが「あっ」と何か思い出したような声を出した。

「知英ちゃん。お店に行く前に、あの日みたいに桜の木と一緒に写真を撮ろうよ！」

「それいいね！　最高だよ！」

しかも丁度良いことに、あたしは三脚と一眼レフカメラを持っていた。

映画の発想に役立つ写真を撮るために、いつも持ち歩いているんだ。

……まあレナちゃんからこの場所で会おうって伝えられた時に、もしかしたら二人で写真を撮るかもなって思っていた節もあったけどね。

「レナちゃん、準備はいい？」

「もちろんいいよ！」

桜の木の下にいるレナちゃんから言葉が返ってくると、セッティングを終えたあたしは最後にカメラのセルフタイマーを押す。そして、レナちゃんの隣に並んだ。

もちろん、ここであたしたちは普通のピースサインなんてしない。

レナちゃんは右手をピースっぽくして頭の前付近に、左手はオッケーサインみたいにして頭の後ろに——。

あたしは左手はピースサインにするけど、右手は左腕の間を通してから親指を立てて、おまけにウィンクも決めちゃって——。

あたしたちは、あの日と同じように〝あたしたちらしい〟ポーズをしたんだ！

「そろそろくるよ！　レナちゃん！」「いつでもドンと来いだよ～！　知英《ちえ》ちゃん！」

「「せーのっ！」」

「「チーズ!!」」

あとがき

初めまして。以前から私の作品を読んで下さっていた方はお久しぶりです。三月《みつき》みどりです。この度はChinozo様のボーカロイド曲ライトノベル、第六弾の『チーズ』の著作をさせていただき大変光栄に思っております。

今作についてですが、きっと生きていたらよく感じるようなことが沢山書いていると思います。特に周りを気にして伝えたいことを上手《うま》く伝えられないというのは、多くの人たちが経験してるのかな、と思っています。

ちなみに、私も小さい頃から自分の考えとかを誰かに伝えたりはできませんでした。逆に周りに合わせることは得意で『チーズ』の物語に出てくる言葉でいう「友達?」みたいな友達は結構いました。……が、その友達たちと遊んでいて楽しいは楽しいのですが、疲れます。だってずっと周りに気を遣っていますから。

それに周りに合わせていると、私の場合は自分が好きなこととかも考えられなくなっていました。当然です、自分のことを考えている時間が少ないのですから。

ですがライトノベルと出会って、ライトノベルを大好きになり、こんな物語を書きたいと思った時、私は「友達?」と遊ぶのをやめて、物語を書くことに決めました。

そうしたら「友達？」はどんどんいなくなりましたが、最後には小学校の頃から付き合いのある幼馴染《おさななじみ》が三人だけ残ってくれました。

もちろんその三人は今でも大切な友達です。

皆さん、好きなように生きましょう。そっちの方が絶対に楽しいです。


最後となりますが謝辞を述べさせていただきたいと思います。

Ｃｈｉｎｏｚｏ様。今作も様々なアドバイスを下さりありがとうございました！　おかげでより良い物語としての『チーズ』になったと思っております！

アルセチカ様。いつもとても可愛《かわい》くて素敵なイラストありがとうございます！　知英《ちえ》ちゃん可愛すぎです！

担当編集のＭ様。執筆中にたくさん助けていただきありがとうございました。

Ｍ様のお力添えのおかげで、クオリティが何倍も良くなったと思っております。


出版に関わっていただいた全ての皆様、そしてなにより、今作を手に取って下さった読者様に心から感謝を述べたいと思います。本当にありがとうございました。

それではまたどこかでお会いできる機会があることを心から願って——。

MF文庫J

チーズ

2024 年 4 月 25 日　初版発行

著者	三月みどり
原作・監修	Chinozo
発行者	山下直久
発行	株式会社 KADOKAWA 〒 102-8177 東京都千代田区富士見 2-13-3 0570-002-301（ナビダイヤル）
印刷	株式会社広済堂ネクスト
製本	株式会社広済堂ネクスト

Printed in Japan　ISBN 978-4-04-683543-7 C0193

◇◇◇

【ファンレター、作品のご感想をお待ちしています】
〒102-0071 東京都千代田区富士見2-13-12
株式会社KADOKAWA　MF文庫J編集部気付「三月みどり先生」係「アルセチカ先生」係「Chinozo先生」係